JUN 2017

Bianca

TRISTE TRAICIÓN
MAGGIE COX

H HARLEQUIN™

Editado por Harlequin Ibérica.
Una división de HarperCollins Ibérica, S.A.
Núñez de Balboa, 56
28001 Madrid

© 2008 Maggie Cox
© 2017 Harlequin Ibérica, una división de HarperCollins Ibérica, S.A.
Triste traición, n.º 2519 - 25.1.17
Título original: The Rich Man's Love-Child
Publicada originalmente por Mills & Boon®, Ltd., Londres.
Este título fue publicado originalmente en español en 2008

I.S.B.N.: 978-84-687-9126-5
Depósito legal: M-38430-2016
Impresión en CPI (Barcelona)
Fecha impresion para Argentina: 24.7.17
Distribuidor exclusivo para España: LOGISTA
Distribuidores para México: CODIPLYRSA y Despacho Flores
Distribuidores para Argentina: Interior, DGP, S.A. Alvarado 2118.
Cap. Fed./Buenos Aires y Gran Buenos Aires, VACCARO HNOS.

Capítulo 1

QUÉ CASA tan bonita!
–Sí, cariño.
–¡Y mira los caballos, mamá!
–Sí... también son preciosos.
–¿Podemos montar en ellos?
–No, cielo.
–¿Por qué no?
–Porque no son nuestros.
Caitlin apretó la caliente manita de su hija con la suya, helada. Frente a las ventanillas del taxi de Mick Malone, que había ido a buscarlas al aeropuerto y las llevaba a la casa de su infancia, pasaban a toda velocidad los campos normalmente verdes pero ahora cubiertos de nieve... hectáreas de terreno pertenecientes a una enorme finca.

Además de los caballos que intentaban encontrar hierba bajo la nieve, Caitlin vio tejados oscuros y setos altos. Y, en la distancia, el camino que llevaba a una enorme casa de estilo georgiano, una mansión casi palaciega. El camino terminaba en una alta verja de hierro forjado y estaba flanqueado por coníferas, brillantes bajo la fría luz de enero.

Para una niña que había crecido en un diminuto apartamento a las afueras de Londres, aquello tenía que ser un paisaje de cuento, la escena resultaba aún más encantadora por el globo anaranjado del sol que empezaba a ponerse por el oeste...

–¿De quién son?

Sorcha se hallaba inclinada sobre el regazo de su madre para ver mejor a esas criaturas que tanto la habían cautivado, sus ojos verdes estaban llenos de esperanza y desilusión a la vez porque no le estaba prometiendo que podría montarlos.

–Son de una familia que se llama MacCormac.

Su mirada se encontró de repente con la del taxista y Caitlin se encogió un poco en el asiento.

–Seguro que son muy buenas personas para tener unos caballos tan bonitos –esa fue la conclusión de la niña–. A lo mejor, si se lo pido, nos dejan montarlos. ¿Verdad, mami?

–Estás haciendo demasiadas preguntas, Sorcha.

Fuera o no buena la familia MacCormac, hablar con ellos no estaba en su agenda en aquel momento... aunque ese apellido la hiciera sentir mariposas en el estómago. No, ella volvía a casa por primera vez en cuatro años y medio con la única intención de acudir al funeral de su padre.

–¡Niños! Te vuelven loco, pero no se puede vivir sin ellos –observó alegremente Mick Malone, mirándola por el espejo retrovisor–. Y supongo que será un consuelo para ti, ahora que tu padre y tu madre han muerto.

–Sí, lo es –murmuró Caitlin, deseando que el hombre, un viejo amigo de su padre, no pretendiera seguir charlando hasta que llegasen a la granja en la que había crecido.

Se sentía demasiado triste, demasiado agotada como para hablar con nadie. Necesitaba toda su energía para responder amablemente. Su padre y su madre habían muerto... Parecía imposible.

Apartando la mirada del retrovisor, acarició distraídamente el pelo dorado de su hija, rezando para poder afrontar lo que tuviese que afrontar durante esos días. Además del dolor de perder a su padre, había otra sombra en el horizonte y la angustiaba tener que enfrentarse a ella. Era una sombra que llevaba cuatro años y medio pesando en el corazón de Caitlin.

Y le haría falta toda la ayuda posible para batallar con ese espectro.

Fue un comentario hecho por un granjero en el café de la localidad, mientras Flynn estaba tomando una cerveza y luchando contra un intrincado y legendario plan de batalla para su último libro sobre la Irlanda mitológica, lo que hizo que prestase atención a la conversación.

–Me han dicho que la hija de Tommy Burns ha vuelto para el funeral. Era una chica muy guapa, así que ahora debe de ser una gran señora.

–Debió de romperle el corazón a Tommy cuando

se marchó. Seguro que quería casarla con alguien de aquí para que se quedara en el pueblo. Siendo hija única...

–¿No hubo rumores sobre una relación con el hijo de los MacCormac? El que heredó la finca y prácticamente la mitad del municipio.

–Sí, los hubo.

Flynn se quedó helado. No podría estar más sorprendido si se hubiera declarado la III Guerra Mundial. ¿Caitlin estaba de vuelta en casa? ¿Tom Burns había muerto?

Mirando a los dos granjeros que estaban en la barra de espaldas a él, sin percatarse de su presencia, apretó los labios. No podían darse cuenta de que acababan de detonar una bomba.

Flynn dejó la cerveza a medio terminar sobre la desportillada mesa de madera, se levantó el cuello de la chaqueta de cuero y salió a la calle. Su rostro, de altos pómulos, presentaba un aspecto sombrío, como si estuviera elaborando sus propios planes de batalla...

Pisando la nieve con sus botas se dirigió al Land Rover, preguntándose cómo no había llegado antes a sus oídos la muerte de Tom Burns y el regreso de Caitlin para el funeral. Nada pasaba desapercibido para nadie en aquella pequeña comunidad rural.

¿Habría una conspiración contra él?

El regreso de Caitlin siempre había sido un campo minado después de lo que pasó, aunque él había perdido las esperanzas de volver a verla. Desde luego, su familia esperaba que fuera así. Para ellos, Caitlin, hija de un campesino, vivía en un mundo diferente al rico y poderoso de los MacCormac. El suyo era un mundo que no invitaba ni animaba a la integración, desde luego. Y no se mostraron muy felices cuando empezó a salir con ella.

Pero Flynn no quiso hacerles caso. Ni a su madre, ni a sus tíos, ni a su hermano, ni a la mujer de su hermano. Porque ya se había dejado convencer por las presiones familiares una vez, cuando era más joven, para casarse con una chica de «su entorno social» que terminó quedando embarazada de otro hombre mientras estaba casada con Flynn.

Lo que más le dolía era no haber descubierto que el niño, un niño al que llamaron Danny, no era suyo hasta que tenía seis meses. Fue entonces cuando su mujer le confesó su aventura con otro hombre... del que estaba enamorada, por lo visto. Solo había seguido viviendo con él por los privilegios de una vida regalada ya que, aparentemente, su amante no era un hombre rico.

Flynn se sintió humillado y ofendido. Durante esos meses se había encariñado mucho con el niño pero, sin otra alternativa que darle a Isabel la libertad que deseaba, terminó con aquella farsa de matrimonio y solicitó el divorcio.

¡Pero cuánto echaba de menos al niño! Cuánto lo echaría de menos siempre.

Antes de descubrir la verdad, Danny había sido su hijo. Su hijo.

Y, después de eso, Flynn juró que jamás volvería a arriesgarse a que lo engañaran.

Había sido tan agradable conocer a una chica tan dulce y poco complicada como Caitlin tras ese doloroso episodio de su vida... Sí, entonces ella era muy joven... tenía solo dieciocho años cuando se conocieron. Pero Flynn se había enamorado por completo de ella. Se había quedado prendado de su belleza, de su inocencia... tanto que jamás sospechó que algún día pudiera traicionarlo.

Pero lo había hecho. No con otro hombre, sino marchándose sin decir adiós cuando empezaba a creer que había encontrado a una persona con la que podría pasar el resto de su vida.

Flynn jamás imaginó que Caitlin actuaría de una forma tan cruel. Siempre llevaba los sentimientos escritos en la cara, de modo que no pudo aventurar que algún día le daría la espalda.

Ser tratado con tal desprecio por alguien a quien amaba lo quemó como el ácido corrosivo. Habría dado el sol y la luna por estar con Caitlin... aunque nunca pudo decírselo.

Y el desprecio de su padre no había ayudado nada. Tom Burns jamás había ocultado su desdén. Se metía con él siempre que tenía oportunidad y una vez incluso llegó a decirle que no era lo bastante bueno para su hija y que estaba usando su posición privilegiada para aprovecharse de ella.

Flynn estaba seguro de que había sido Tom quien la animó a marcharse del pueblo. Era evidente que sus continuas críticas al final habían influido en la decisión de Caitlin. De modo que se marchó y Tom Burns se negó a decirle dónde estaba. Por contraste, la familia de Flynn había respirado aliviada al conocer la noticia...

Cuando llegó al Land Rover, pensó que su presión arterial se pondría por las nubes si no se calmaba pronto.

Caitlin estaba de nuevo en casa y el dolor que sentía en el pecho casi lo partía por la mitad. Era como si no hubieran pasado cuatro años y medio. ¿No se suponía que el tiempo lo curaba todo? ¡Menuda broma!

Flynn maldijo al mundo entero cuando, al intentar abrir el coche con los dedos helados, estuvo a punto de arrancarse una uña.

Dos días después de enterrar a su padre, volvió a encontrarse con Flynn MacCormac después de cuatro años y medio. Caitlin sintió su mirada clavada en ella mucho antes de volverse para confirmar esa intuición.

Había dejado a Sorcha en casa con una vecina que se ofreció a cuidarla un rato para que ella pudiese ir al pueblo a comprar algo de comida... y para estar sola un momento, alejada de la pena que parecía flotar en la vieja casa.

Pero ir de tienda en tienda había sido inesperadamente difícil, no solo por la nieve sino porque la paraba gente del pueblo para ofrecerle sus condolencias. Aparentemente, a pesar de llevar más de cuatro años fuera de allí, no la habían olvidado.

Y luego tuvo esa intuición, esa sensación en la nuca, como si alguien la estuviera observando fijamente. Con el corazón acelerado, Caitlin miró a un lado y a otro... y por fin vio a Flynn MacCormac al otro lado de la calle.

Por un momento, el mundo pareció ponerse patas arriba, como si todo a su alrededor estuviera conteniendo el aliento.

Un gemido, un sonido que solo Caitlin pudo oír, escapó de sus labios. Enseguida vio que había un desconcertante cambio en Flynn. No un cambio físico sino más bien en su postura, en su expresión. La intuición le dijo que se había encerrado en sí mismo incluso más que antes y eso la entristeció. Era como si un cristal impenetrable lo aislase del resto del mundo.

Siempre había sido muy reservado con sus emociones y sus pensamientos, resistiéndose a cualquiera que se acercase, pero era un hombre tan atractivo que Caitlin se sentía como la proverbial polilla atraída por la llama. Su presencia la excitaba y le producía, a la vez, una sensación de miedo.

De repente, se le llenaron los ojos de lágrimas y, aunque eran lágrimas de pena por todo lo que había perdido durante esos años, si era sincera consigo misma, debía reconocer que sentía una alegría casi violenta al verlo.

No se movió mientras Flynn cruzaba la calle, una figura alta de hombros anchos, vestido de negro de la cabeza a los pies y moviéndose con la gracia de un depredador. No podía apartar los ojos de él...

—He oído que habías vuelto —su voz sonaba ligeramente ronca.

A Caitlin se le había quedado la boca tan seca que apenas podía articular palabra. Sus ojos de color jade eran intensos y hambrientos.

—Mi padre ha muerto... he venido al funeral.

Flynn no le dio el pésame. Y ella no había esperado que lo hiciera. Flynn MacCormac no tendría nada amable que decir de Tom Burns y, aunque le dolía, no podía echárselo en cara.

—Entiendo —murmuró—. No voy a preguntarte cómo estás porque veo que tienes buen aspecto... pero ¿te importaría decirme dónde has vivido todo este tiempo?

Caitlin se llevó una mano temblorosa al flequillo para apartárselo de la cara y, al hacerlo, se rozó la mejilla. Y se dio cuenta de que no debía de haber diferencia de temperatura entre su rostro y el paisaje helado.

—En Londres, con mi tía.

—¿Allí es donde fuiste cuando te marchaste de aquí?

Bajo la acusadora mirada de Flynn, Caitlin se sintió como una delincuente.

–Sí.

–Entonces, ¿no habías sido abducida por extraterrestres ni habías perdido la memoria?

–¿Qué?

–¿Cómo iba a saber yo lo que te había pasado si no te molestaste en decírmelo? –le espetó él, airado.

Caitlin tardó un segundo en recuperarse.

–¿Tenemos que hablar de esto en medio de la calle? Si quieres hablar... muy bien, pero no aquí.

Caitlin miró alrededor sintiéndose intensamente vulnerable. Allí había gente que la conocía y algunos, sin duda, habrían oído hablar de lo que hubo entre Flynn y ella. La idea de que estuvieran observándolos la ponía enferma. Desde el principio, su relación con él había estado condenada al fracaso. Nadie quería que estuvieran juntos, todo el mundo desaprobaba esa relación.

Pero nada de eso habría importado si Flynn la hubiera dejado entrar en su corazón... y si ella hubiera confiado en él.

–Dime una cosa, Caitlin. ¿Habrías venido a verme?

–Pensaba hacerlo... sí.

–¿Cuándo? Debes de tener una vida tan ocupada... tanto que no podías levantar un teléfono para decirme dónde estabas. Ni una sola vez en cuatro años y medio.

—Sé que debió de parecerte una crueldad lo que hice, pero...

—¿Una crueldad? —repitió él, desdeñoso—. Cariño, eso ni siquiera se acerca a lo que fue.

—Lo que quiero decir... —Caitlin no sabía cómo terminar la frase—. Sé que esperas una explicación y tienes todo el derecho, pero este no es ni el sitio ni el momento.

—¿Por qué no?

—No nos hemos visto en años y te aseguro que... lamento mucho que todo fuese tan triste al final.

—¿Ah, sí? ¿Y por qué fue tan triste, Caitlin? Yo te diré por qué. ¡Porque tú saliste huyendo! Saliste huyendo sin tener la decencia de darme una explicación.

Temblando, ella apretó los labios. ¿Qué podía decirle? Sin duda, Flynn creía que había sido su padre quien la convenció para que se marchase. Desde luego, Tom Burns siempre había dejado claro que ni él ni su familia le gustaban. Su antagonismo iba más allá de una mera antipatía... estaba resentido con los MacCormac, despreciaba su riqueza y la influencia que tenían en la comunidad.

Pero si la única barrera para estar con Flynn hubiera sido la aversión de su padre, Caitlin se habría quedado. Lo amaba con todo su corazón y se había convertido en una parte esencial de su vida. Pero no lo había dejado por su padre... fue mucho más complicado que eso.

Sin querer, había oído una humillante conversación entre Flynn y su madre, durante la cual Estelle MacCormac fue terriblemente cruel sobre los motivos de Caitlin para salir con su hijo:

«Solo se acuesta contigo por tu dinero... ¡y ese horrible padre suyo! No te engañes a ti mismo, Flynn, a una chica como esa le da igual todo. Cuando menos lo esperes te dirá que está embarazada».

Que hablase de ella como si fuera una simple buscavidas la había dejado horrorizada. Y después de eso, con su padre acusándola de llevar la vergüenza a la familia y comportarse como una cualquiera con Flynn MacCormac, no tuvo más remedio que llamar a su tía Marie a Londres y preguntarle si podía alojarse en su casa durante un tiempo.

Porque acababa de descubrir que estaba embarazada.

No habría servido de nada intentar explicárselo. Él no la habría creído después de las horribles cosas que había dicho su madre. Y, aunque Flynn le había demostrado apasionadamente que quería estar con ella, nunca había dicho que la amaba. De hecho, jamás hablaba de sus sentimientos. Por eso Caitlin se había visto incapaz de confiarle sus dudas y sus miedos.

Y por eso, en lugar de reunir coraje para hablar con él, había huido a Londres.

No pensaba quedarse a vivir allí para siempre, pero el tiempo pasaba y, consumida por sus nuevas responsabilidades como madre y por la negativa de su padre a contestar a sus cartas, no había tenido más remedio.

Cada día que pasaba fuera de su casa, lejos de Flynn, le pesaba más el corazón. Pero... ¿cómo iba a volver si la noticia de su embarazo solo habría servido para confirmar lo que su madre sospechaba?

Caitlin no había tenido más remedio que renunciar a él.

Con el paso de los años, se había hecho una vida con Sorcha, su hija, y le parecía imposible volver a casa. Sabía que Flynn debía de odiarla y se le rompía el corazón al pensar en enfrentarse a su desprecio... como estaba pasando en aquel momento. Y él ni siquiera sabía nada de la niña...

−¿Qué es lo que quieres hacer, Flynn? −suspiró.

−¿Qué quiero hacer? Tú sabes muy bien lo que me gustaría hacer: cruzar la acera y pensar que no te he visto. ¿Por qué no te has quedado en Londres? ¿Por qué has tenido que volver?

Nunca lo había visto tan amargado, tan resentido. Y ese resentimiento llevaba lágrimas a sus ojos.

−Mi padre ha muerto, ya te lo he dicho. Solo he vuelto para el funeral.

−Me debes una explicación, Caitlin, y no pienso dejar que te marches sin dármela −dejando escapar un suspiro, como si cada palabra le costase un mundo, Flynn la miró de arriba abajo como retándola a desafiarlo.

–Los monolitos de la colina Maiden –dijo ella con voz ronca–. Nos veremos allí mañana, a las tres. Antes quiero revisar las cosas de mi padre... para decidir qué voy a hacer con ellas.

–A las tres entonces. Pero te lo advierto, si no apareces, iré a buscarte.

Y después de decir eso, la dejó sola en la acera. Caitlin esperó hasta que se hubo calmado lo suficiente como para pensar en lo que iba a hacer. Pero para entonces estaba helada y necesitaba entrar en calor desesperadamente.

Al ver el cartel sobre la panadería de la señora O'Callaghan moviéndose con el viento, se dirigió hacia allí. Necesitaba una taza de café caliente para librarse de un frío que la calaba hasta los huesos.

Capítulo 2

CAITLIN llegó a la colina temprano, vestida con unos gruesos pantalones de pana y un jersey bajo el abrigo para luchar contra el helado viento que le golpeaba la cara.

De pie al borde del risco, con el círculo de monolitos tras ella, antiguos menhires de más de un metro ochenta, miró el tempestuoso mar de Irlanda chocando salvajemente contra las rocas a cientos de metros bajo sus pies y sintió una emoción extraña.

Era un sitio precioso al que a menudo había anhelado volver cuando estaba en las abarrotadas calles de Londres.

Un lugar mágico, con o sin las numerosas leyendas que lo rodeaban, que había adquirido una cualidad especial debido al tiempo que había pasado allí con Flynn. Habían hecho el amor bajo esos menhires una noche de verano, con la luna iluminando el paisaje con su luz plateada... como si aprobase que estuvieran juntos.

Se le calentó la sangre con un poderoso y primitivo deseo al recordarlo.

Quizá no había sido tan buena idea quedar allí. Aquel sitio tenía demasiados recuerdos. Y ahora Flynn quería respuestas... respuestas que la obligarían a contarle que tenía una hija y que él era su padre.

Supo exactamente el momento en el que llegó porque un escalofrío eléctrico en el aire la puso alerta. Había sido siempre así con Flynn. Como si estuvieran unidos por un extraño lazo más fuerte que ellos mismos.

Apartando la mirada del mar cubierto de espuma bajo sus pies, Caitlin se volvió hacia la oscura figura masculina que subía por la pendiente. El salvaje viento era ahora acompañado por gotas de lluvia que convertían el pelo de Flynn MacCormac en un casco de seda negra.

El violento escalofrío que la recorrió no era solo debido al viento que parecía penetrar su ropa y clavar los dedos helados en su piel. Una poderosa oleada de deseo la envolvía y, demasiado aprisionada en sus garras como para moverse, se quedó donde estaba, observándolo nerviosamente.

—Has venido.

Flynn no sonreía al decir esas palabras que se llevó el viento. En lugar de eso la miraba como un hombre poseído por un sueño. Las gotas de lluvia sobre sus largas pestañas hacían que sus ojos brillasen como dos piezas de jade.

—Hace mucho frío —Caitlin, moviendo los pies

para que no se le congelasen, apartó la mirada y empezó a caminar–. Es un día para quedarse en casa frente a la chimenea, no para salir a la calle.

–Vamos hacia las piedras –sugirió él, sombrío–. Así evitaremos el viento.

Intentando apartarse el pelo de la cara, Caitlin miró su solemne rostro, observando la implacable línea de su mandíbula, rígida como el acero. Sus facciones podrían estar hechas de granito o mármol, tan maravillosamente definidas. Tenía sombra de barba, aunque seguramente se habría afeitado por la mañana, y su rostro reflejaba la austera y sombría belleza del paisaje irlandés. Era lógico que pareciese tan cómodo en un sitio como aquel.

Mientras Caitlin estaba examinándolo, Flynn hacía lo mismo. Y se le encogió el corazón al darse cuenta del deseo que reflejaban sus ojos. Ser observada con tan primitiva voracidad por él la hizo sentirse como si estuviera ahogándose en un mar que ordenaba la total rendición de sus sentidos.

–Será mejor que terminemos pronto –se oyó decir a sí misma, mientras intentaba apartar el pelo de su helado rostro.

Se dio cuenta en ese momento de cuánto lo había echado de menos. Como si Flynn fuera la parte ausente de su alma que siempre había anhelado; un vacío que no se llenó nunca. Solo Sorcha hacía que la vida mereciese la pena.

–¿Por qué? –murmuró Flynn–. ¿Por qué? –repitió, antes de que ella pudiera contestar, con la fuerza de un primitivo glaciar abriéndose en medio del océano. Su expresión era igualmente salvaje.

El corazón de Flynn latía con más fuerza que el martillo de un herrero dentro de su pecho mientras observaba el pálido rostro de Caitlin. ¿Tenía idea de la soledad y la pena a la que lo había condenado desde que se marchó? ¿Sabía que, desde entonces, cada día de su vida había durado cien años?

Sin amor, sin calor. Invierno, verano, primavera, otoño... todo era la misma estación de oscuridad y tristeza.

Solo su trabajo le proporcionaba algún solaz. Su carrera como escritor había despegado cuando Caitlin se marchó, pero ¿cómo no iba a ser así cuando era lo único que tenía? La dedicación a su oficio, a mejorar y refinar los libros por los que universidades y cadenas de televisión lo llamaban para dar conferencias o hacer documentales sobre las leyendas mitológicas de la Irlanda celta se habían convertido en algo vital para su supervivencia, llevándose gran parte de su tiempo. Pero, aparte de eso, el tiempo pendía sobre él como una telaraña en una habitación vacía.

Flynn tenía gente que lo ayudaba a llevar Oak Grove, la impresionante finca de los MacCormac, y no le había sido difícil dedicarse casi exclusivamente a su carrera. Aunque su familia seguía pensando que cuidar de la finca era más que suficiente...

Ahora, mientras miraba los brillantes ojos de color zafiro y los labios generosos de Caitlin, se dio cuenta de que por mucho que su corazón se alegrase al verla otra vez, sería muy difícil perdonarla por lo que había hecho.

No había excusa en la tierra para abandonarlo como lo hizo. Ninguna. Y eso incluía a su padre convenciéndola para que rompiera su relación con él, a la gente del pueblo cotilleando sobre ellos o las dificultades que encontraron para estar juntos debido a la hostilidad de sus familias. Evidentemente, los sentimientos que Caitlin había albergado por él no eran tan profundos como para quedarse.

Flynn conocía sus propios defectos en cuanto a las relaciones sentimentales y sabía también que no era un hombre fácil de amar. ¿No se lo había demostrado Isabel?

Podía ser exageradamente taciturno y reservado y esos rasgos de su carácter aumentaron tras el engaño de su exmujer. Pero cuando conoció a Caitlin se atrevió a pensar que la confianza que Isabel había traicionado podría ser tiernamente restaurada por ella. No había sido así.

En busca de la tranquilidad espiritual que lo había esquivado hasta entonces, Flynn decidió reformar una casita en las montañas que convirtió en su lugar de retiro, el lugar en el que se aislaba para escribir. Un sitio que pronto se había convertido en un escondite para alejarse de todo y de todos.

Sencillamente, era más fácil no estar rodeado de gente; eso lo ayudaba a escapar. Una vez, Caitlin casi había conseguido penetrar la dura coraza que había construido alrededor de su corazón, pero cuando se marchó esa coraza se hizo aún más dura.

Ahora, y no por primera vez en todos esos años, Flynn se preguntó si habría imaginado la ternura de Caitlin.

¿Podría su atracción por él haber sido el producto del alma ingenua de una cría? ¿Una atracción por un hombre mayor que ella, más experimentado, que desapareció tan rápidamente como había aparecido? ¿Y si había encontrado una oferta mejor o un futuro más excitante en otro sitio y no había sido capaz de decírselo? ¿Era por eso por lo que se había marchado?

Flynn, con los puños apretados, intentó calmarse.

–Mis razones... no son fáciles de explicar –dijo Caitlin entonces.

El viento movía su precioso pelo rubio y Flynn anhelaba acariciarlo y sumergirse en él, hundir la cara para oler el viento. Conocía íntimamente su cuerpo y el tiempo no había borrado ese recuerdo. Pero su furia no se abatía y se agarraba a ella para intentar matar el doloroso deseo que lo embargaba estando a su lado.

—Tengo todo el tiempo del mundo, cariño —le dijo, su mirada era dura y rígida como las piedras que los rodeaban—. Si tenemos que quedarnos aquí y morirnos de frío hasta que reciba una respuesta satisfactoria... que así sea.

—Pero a mí no me apetece morirme de frío —replicó Caitlin—. Quiero irme a casa. Tengo muchas cosas que hacer antes de volver a Londres y son cosas que solo puedo hacer yo.

—¿Piensas volver a Londres? —le espetó él, con los dientes apretados—. Sí, claro, supongo que lo estás deseando.

—Vivo allí, Flynn.

—Una vez me dijiste que no querrías vivir en ningún otro sitio del mundo más que aquí... que te encantaba el paisaje, la nieve, el mar, que esto era tu alma. Evidentemente, las tentaciones que ofrece Londres son más atractivas.

—Este sitio me sigue gustando. En Londres a veces es difícil hasta respirar... demasiada gente, demasiado tráfico y todo el mundo corriendo de un lado a otro. Si Londres tiene alma, yo no he sido capaz de encontrársela. Este sitio, sin embargo...

—Pero sigues queriendo volver allí —la interrumpió Flynn—. ¿Por qué? ¿Hay otro hombre? ¿Había otro hombre cuando te marchaste?

—¿Cómo iba a haber otro hombre? Pasaba todo el tiempo contigo. Solo quería estar contigo...

–Estás mintiendo, tienes que estar mintiendo. Te olvidaste de este sitio, de este lugar que dices amar tanto, tan fácilmente como me olvidaste a mí.

–No te olvidé. Yo nunca... –Caitlin no terminó la frase.

Luchando contra el traidor deseo de abrazarla, Flynn dio un paso atrás, como si temiera que su cuerpo actuase por voluntad propia si no lo controlaba con mano férrea.

–Nadie quería que estuviéramos juntos, Flynn... ¿no recuerdas lo difícil que era nuestra relación? –Caitlin hablaba en voz tan baja que Flynn tenía que hacer un esfuerzo para escuchar sus palabras–. Mi padre, tu familia... todos intentaban separarnos.

–Eso no es suficiente, cariño. Inténtalo otra vez.

–¡Solo tenía dieciocho años! ¿Qué otra cosa podía hacer?

–¡Quedarte! ¡Decirme la verdad!

–No podía hacerlo. Siempre fue evidente que tu familia quería que te casaras con alguien de vuestro círculo, de vuestro entorno social, no con la hija de un campesino como yo. ¿Crees que quería quedarme aquí para ver cómo, tarde o temprano, eso era lo que pasaba? Sé que debería haber hablado contigo, debería haberte dicho que me iba, pero... no pude hacerlo. Seguramente pensarás que soy una cobarde, pero entonces todo me daba miedo. Hasta la actitud de mi padre.

–¡Deberías habérmelo dicho! No dejarme en la oscuridad...

–Entonces no era fácil hablar contigo de esas cosas, Flynn.

–¿Por qué no?

Caitlin dejó escapar un suspiro, como intentando buscar una respuesta que no convirtiese aquello en una pelea.

–Pensé que no lo entenderías. Siempre parecías tan frío, tan incapaz de mostrar tus sentimientos. Temía que intentases convencerme de que no pasaba nada, de que no debía tener miedo...

–¡Yo nunca habría hecho eso! –exclamó él.

–Te estoy diciendo lo que *yo* sentía.

–Si hubieras hecho eso hace cuatro años y medio en lugar de marcharte sin decir una palabra, sin advertirme... podríamos haber salvado nuestra relación. Pero en lugar de eso me dejaste, Caitlin. ¡Me dejaste sin decir adiós siquiera!

–Estoy intentando explicarte...

–Y tener que soportar cómo tu padre se jactaba de ello delante de todo el mundo... delante de mí, diciendo que por fin habías recuperado el sentido común al marcharte de aquí. Nunca quiso decirme dónde estabas, Caitlin. Eso no lo puedo ni entender ni perdonar.

–No sé cómo decirte que lo siento, Flynn –murmuró ella, perdida en un melancólico recuerdo que él no podía compartir.

–¿Y eso es todo? ¿Esa es la explicación que vas a darme?

–Mira... hace un frío horrible aquí. Deberíamos...

–¿No me has oído?

Esa vez, Flynn no consiguió disimular su frustración. Lo que le había contado no le parecía explicación suficiente. Tenía que haber algo más, algo que completase el rompecabezas de aquella huida.

¿Y qué había querido decir con eso de que era incapaz de mostrar sus sentimientos? Eran precisamente sus sentimientos los que prácticamente lo había paralizado durante todos esos años, desde que ella se marchó.

Pero, al final, Flynn supo que le contase lo que le contase, nada lo haría sentirse mejor. Debería aceptar que no había sabido retenerla allí y olvidarse de ella. Seguir adelante con su vida como había estado haciendo todos esos años hasta que Caitlin había vuelto para el funeral de su padre.

Pero el frío que sentía en los huesos ahora no tenía nada que ver con la crueldad del tiempo. Era demasiado horrible volver a verla y ver de nuevo cómo se alejaba de su vida por segunda vez...

Observando la decepción que había en los ojos de Flynn, Caitlin no tuvo valor para hablarle de Sorcha... la preciosa niña que habían creado juntos. Le daba miedo su reacción y no quería que la odiase más de lo que ya la odiaba. Saber que había tenido una hija y le había ocultado su existencia durante todos esos años sería más devastador que tener que afrontar su inesperado regreso.

Aunque le había sorprendido saber que le importaba tanto que seguía furioso por su desaparición. El Flynn que ella recordaba no era un hombre dado a expresar sus sentimientos, todo lo contrario. Salvo cuando estaban haciendo el amor... entonces no había barreras que lo detuviesen; nada podía evitar que le mostrase todo lo que sentía por ella.

A veces, sola en la cama por la noche, Caitlin no tenía ninguna dificultad para conjurar esos recuerdos; unos recuerdos que la habían mantenido viva incluso cuando pensaba que su corazón estaría partido en dos para siempre.

Sin ninguna duda, tendría que hablarle de Sorcha. Pero no podía hacerlo en aquel momento.

—Sé que tenemos que hablar y hay cosas que me gustaría decirte; cosas que debería haberte dicho antes de marcharme. Quizá cuando te hayas calmado un poco podríamos...

—¿Cuando me haya calmado?

Caitlin intuía que eso no iba a ocurrir pronto y dejó escapar un resignado suspiro.

—Veo que sigues enfadado conmigo, pero quizá por eso deberíamos darnos un tiempo para pensar... antes de volver a vernos.

—¿Para pensar qué? ¿Qué crees que he estado haciendo durante los últimos cuatro años y medio?

Flynn dio un paso hacia ella. Estaba tan cerca que Caitlin podía ver los poros de su piel, las finas arruguitas que empezaban a marcarse alrededor de su boca. Podía ver la sombra de barba y el brillo de sus ojos... y su corazón empezó a latir con fuerza al notar la furia que había en ellos.

–Pensé... –empezó a decir, nerviosa–. Pensé que te habrías vuelto a casar o... que vivirías con alguien.

Y cómo había temido eso. Aunque no había ninguna razón para que Flynn no estuviera con otra mujer después de tanto tiempo.

–No soy un monje, pero ahora mismo no tengo ninguna relación. ¿Por qué, Caitlin? ¿Te resultaba más fácil pensar que estaba con otra persona durante todos estos años?

–No, yo...

–Pues siento desilusionarte. Pero, claro, supongo que la traición deja un amargo sabor de boca.

–Yo solo he dicho...

–Últimamente las mujeres solo me interesan para una cosa y supongo que no querrás que entre en detalles.

–No, gracias.

No quería imaginarlo con otra mujer, haciendo las cosas que había hecho con ella...

Oh, Dios, ¿acabaría aquel dolor algún día? ¿Ese loco anhelo por Flynn MacCormac terminaría alguna vez?

Con la mirada fija en aquella boca tan sensual, Caitlin casi podía saborear el beso que tanto anhelaba. Sus besos habían sido el cielo y la fruta prohibida al mismo tiempo. Se le doblaban las rodillas al recordarlo...

Como si no confiase en sí mismo estando tan cerca, Flynn se movió abruptamente, pero no antes de haber grabado en su memoria los rasgos femeninos.

–¿Y tú, Caitlin? ¿Vas a decirme que no ha habido otro hombre en tu vida desde que te marchaste de aquí? ¿Que has dormido sola todas las noches?

–Da igual lo que yo diga, ¿no? Tú vas a seguir creyendo lo que quieras.

–¿Y te parece extraño?

Flynn empezó a caminar entonces, pasándose una mano por el pelo mojado.

–¡Flynn! –Caitlin corrió tras él, helada hasta los huesos y temblando de forma incontrolable–. ¡Por favor, no te vayas así!

–¿Por qué no? ¿No es eso lo que hiciste tú?

–Por favor –le imploró ella, demasiado cansada como para seguir discutiendo y sabiendo que, dijera lo que dijera, sería como una tela roja para un toro mientras Flynn siguiera en ese estado–. No quiero que seamos enemigos.

–¿No?

–Sé que no podemos ser amigos, pero ¿no crees que podríamos intentar resolver nuestras di-

ferencias y, al menos, ser amables el uno con el
otro?

Flynn cerró los ojos un momento.

–Será mejor que nos marchemos de aquí.

Sin contestar a su pregunta, se levantó el cuello
de la chaqueta con las manos heladas y siguió ca-
minando. A pesar de su animosidad hacia ella, podía ver que Caitlin lo estaba pasando aún peor. Su
pelo del color del trigo estaba empapado y pegado
a su cara, sus labios habían perdido el color. Lo
último que necesitaba después de enterrar a su padre era ponerse enferma. Por su culpa.

–El viento está soplando con fuerza y empieza
a oscurecer. ¿Has subido sola hasta aquí?

–Me llevaron hasta la carretera y luego subí
sola, sí –contestó ella, temblando.

–Tengo el Land Rover aparcado abajo. Yo te
llevaré a casa.

Por un momento pareció que Caitlin iba a re-
chazar la oferta, pero un segundo después asintió
con la cabeza.

–Gracias. Con que me lleves hasta el camino
de mi casa es suficiente. Puedo ir andando desde
allí.

Flynn detuvo el coche en el camino que llevaba
a la casa de Tom Burns, apagó el motor y se volvió para mirar a su silenciosa pasajera.

–Podríamos vernos mañana a las diez, en casa.
¿Quieres que venga a buscarte?

–No, prefiero ir andando –respondió ella.

Caitlin abrió la puerta del coche y bajó al camino cubierto de nieve sin decir una palabra más.

Flynn la observó, una figura esbelta con el pelo brillante movido por el viento, y se agarró al volante como si quisiera romperlo, dejando escapar un largo suspiro de agonía.

Capítulo 3

TEMBLANDO, Caitlin se abrazó a sí misma. Desde que volvió de la colina Maiden con Flynn no había sido capaz de entrar en calor. Era como si el hielo y la nieve que cubrían el hermoso paisaje se le hubieran metido en los huesos.

Sabiendo que tendría que hablarle de Sorcha al día siguiente, se preguntó cómo reaccionaría la familia MacCormac al saber que la chica a la que habían mirado siempre por encima del hombro había tenido un hijo con Flynn.

Sin duda, creerían que había vuelto para atraparlo, como su madre, Estelle, había dicho una vez.

Con su hija bien tapadita en la cama de hierro en la que ella misma había dormido de pequeña, Caitlin miró por la ventana las estrellas que iluminaban el cielo.

Ninguna de ellas brillaba con la misma intensidad que los inolvidables ojos de Flynn MacCormac... aunque aquel día esos ojos la habían mirado con furia y odio por lo que él percibía como un cruel y frío abandono.

Era tan injusto... ¿Por qué la culpaba solo a

ella? Si él hubiera sido más generoso con sus sentimientos, más abierto, menos distante, habría podido contarle lo que pasaba.

¿Cómo iba a decirle que estaba esperando un hijo suyo si no sabía cómo iba a reaccionar él ante esa noticia? ¿Y si Flynn hubiera creído que era, como había dicho su madre, una buscavidas intentando casarse por dinero?

Pensar eso sería reírse de su amor por él, un amor que Caitlin sabía era puro y verdadero. Y no habría podido soportarlo.

Se le hizo un nudo en la garganta al recordar cómo había llorado mientras se iba a Londres, tan lejos de casa, tan lejos del hombre del que estaba enamorada.

Cuando Flynn descubriese la existencia de Sorcha se quedaría petrificado... y seguramente no la perdonaría nunca. ¿Cómo podría vivir con eso? Especialmente si él quería tener contacto con la niña.

¿Cómo iba a poder soportar que Flynn quisiera a Sorcha pero la viese a ella como un estorbo, como alguien que no podía relacionarse con su importante familia?

Su humillación a manos del clan MacCormac sería completa entonces.

Volviendo de su paseo matinal sobre la elegante yegua gris que había comprado recientemente en Dublín, Flynn dejó al animal en las capaces manos de su mozo de cuadras, con instrucciones de cepillarla y darle de comer tan pronto como fuera posible. Luego entró en la casa para darse una ducha rápida y cambiarse de ropa antes de que Caitlin llegase.

La elegante mansión de estilo georgiano en la que había vivido desde que era niño estaba compuesta por diferentes alas, cada una el apartamento de un miembro de la familia. Pero ahora Flynn era el único que vivía allí. Aunque pasaba más tiempo en su refugio de la montaña.

Después de que Isabel lo traicionase, la casa se había convertido en un sitio en el que llevar a cabo sus negocios y nada más. No encontraba placer en su elegante belleza y se sentía particularmente melancólico cuando estaba allí.

Cuando Caitlin desapareció, casi había llegado a despreciar aquel sitio. Era como si los vastos corredores, escaleras y pasillos se rieran de su incapacidad para convertir la casa en algo parecido a un hogar... un hogar con una esposa e hijos y toda la parafernalia de una familia.

La habitación de Danny estaba desierta, fría. Y Flynn por fin la había cerrado, incapaz de mirar el cuarto donde su hijo había dormido una vez.

Ahora, después de pasar la noche entera pensando en la visita de Caitlin, estaba irritable y enfadado. Por eso había tenido que salir de casa para dar un paseo. El frío glacial había conseguido limpiar la niebla de su cerebro y paliar un poco el cansancio de su cuerpo. Sí, se sentía con energías renovadas.

No debería hablar con Caitlin después de cómo lo había tratado, pero eso de que tenían cosas que hablar, «cosas que debería haberle contado antes de marcharse», lo mantenía intrigado.

Y, entre sus pensamientos febriles, estaba la acusación de que «era incapaz de mostrar sus sentimientos».

Esa frase había despertado una curiosa reacción defensiva en él porque intuía que la afirmación estaba peligrosamente cerca de la verdad.

Pero sabía que tendría que mantenerse en guardia durante el encuentro. Su atracción por Caitlin no había disminuido con los años... había estado escondida, como un río que fluye silencioso y eterno.

Después de ducharse, se envolvió una toalla alrededor de la cintura y atravesó el baño de mármol para afeitarse frente al espejo.

Pero al ver el ridículo brillo de esperanza de sus ojos se volvió, impaciente, murmurando una maldición...

Caitlin había estado en Oak Grove antes, por supuesto, pero la intimidaba volver a la enorme e impresionante mansión.

De pie en el elegante cuarto de estar, con un

buen fuego en la chimenea de piedra, rodeada de antigüedades y cuadros de gran valor, se sentía como *Alicia en el país de las maravillas* después de tomar la poción mágica que la reducía de tamaño.

El contraste entre aquella mansión tan elegante y el hogar donde había pasado su infancia nunca había sido tan evidente. Pensando en la casa pequeña y húmeda de su padre casi se puso a llorar.

Luego, rápidamente, recordó que no tenía nada de qué avergonzarse; ella pertenecía a una familia de campesinos que se habían ganado la vida trabajando honradamente con las manos. Caitlin levantó la barbilla y declinó la oferta de Flynn para que tomase asiento.

—No voy a quedarme mucho rato. Tengo que apartar las cosas que voy a darle a la parroquia... aunque no hay mucho que dar. Mi padre no era de los que adquirían cosas materiales. Cuando me marché se quedó solo y, mientras pudiera escuchar las carreras en la radio y tomar una pinta de cerveza de vez en cuando, estaba contento.

¿Sería eso cierto? Se le encogió el estómago al pensar que no sabía si su padre había sido feliz o no tras su marcha. Seguramente no. Estaba demasiado resentido para ser feliz. Tras la muerte de su madre, apenas lo había visto sonreír alguna vez.

–Ven a ponerte cerca del fuego –insistió Flynn–. Estás temblando.

–Estoy bien.

El temblor desapareció en cuanto se acercó a ella. Su masculinidad y su fuerza casi le robaban la capacidad de hablar... especialmente sabiendo lo que aún tenía que revelarle.

–¿No estarás resfriada después de lo de ayer? –preguntó Flynn, con expresión sorprendentemente preocupada.

–No, no... yo...

–Te has cortado el pelo –Flynn había bajado la voz y Caitlin se puso tensa.

–Es más práctico para trabajar llevarlo corto. Más fácil de manejar. Pero veo que tú te lo has dejado más largo.

–Últimamente la gente me ve como un bohemio.

–Tú siempre has hecho lo que has querido, que yo sepa.

–A ti no parecía importarte.

–No, al contrario. Me gustaba que fueras... diferente.

–Bueno, cuéntame, ¿siguen gustándote los hombres mayores o tus gustos han cambiado desde que vives en Londres?

–No hace falta que seas grosero –replicó ella.

Flynn alargó una mano para tocarle el pelo, pero Caitlin se apartó, incómoda.

–¿Qué haces en Londres, por cierto?

–Trabajo en una librería.

Enseguida vio un brillo de interés en sus ojos. Sí, sabía que era escritor y se había emocionado al leer sus libros y al ver su fotografía en la contraportada. Era una forma de estar en contacto con él...

–Entonces sabrás que escribo.

–Sí, lo sé. Vendemos tus libros en la librería. Sabía que escribías, pero nunca me dijiste que pensaras convertirte en escritor profesional. Tu familia debe de estar muy orgullosa de ti.

–¿Orgullosos de que Oak Grove no sea mi única pasión en la vida? No, qué va. Además... no los veo mucho.

Flynn le levantó la barbilla con un dedo. Aunque olía a jabón, Caitlin detectó también el aroma de las cumbres cubiertas de nieve, del aire fresco...

Flynn era un auténtico celta, en herencia y espíritu. Adoraba la naturaleza en todas sus formas y nada le gustaba más que estar al aire libre... fuera dando un paseo, montando a caballo por las montañas o simplemente disfrutando de la belleza de un atardecer.

No había una casa en todo el planeta que pudiera contener un espíritu como el suyo. Era lógico que hubiera elegido la mitología celta como tema para sus libros.

–¿Qué estás haciendo? –murmuró, temblando al ver que inclinaba la cabeza.

Él no contestó a su pregunta; sencillamente dejó escapar un impaciente suspiro y luego tomó lo que estaba tan ansioso por tomar.

Al primer roce de sus labios, Caitlin sintió que se le doblaban las piernas. Pero no protestó. En lugar de eso, puso las manos en su cintura, intentando recuperar el equilibrio cuando él la apretó contra su pecho.

Cuatro años atrás, un beso como ese habría tenido un único destino y los dos habrían movido cielo y tierra para conseguirlo. Pero ahora, el recuerdo de su hija esperando en casa con una vecina apareció en el cerebro de Caitlin, recordándole la razón por la que estaba allí; no para hacer el amor con Flynn MacCormac, sino para decirle que tenía una hija.

Cuando se apartó, la frustración de él era evidente.

—Te pediría disculpas —dijo, burlón—. Pero soy humano y tú pareces tener una inconveniente habilidad para subirme la temperatura. Después de lo que ocurrió entre nosotros, debería aprender a resistirme.

—Deberíamos hablar de la razón por la que estoy aquí —anunció Caitlin abruptamente, intentando parecer segura de sí misma, aunque sus sentidos estaban embotados después de aquel beso.

Cruzándose de brazos, se acercó nerviosamente a la chimenea para mirar la danza de las llamas, buscando la mejor forma de contárselo... la mejor manera de darle la noticia.

Una noticia que cambiaría su vida para siempre.

O quizá no. Al final, Caitlin decidió que no había un protocolo para un tema tan delicado, ni palabras que suavizaran el golpe. Sencillamente tenía que contarle la verdad.

—Tengo una hija —empezó a decir.

—¿Una hija? —repitió Flynn.

—Sí, una niña que se llama Sorcha.

—Ah, ya. De modo que no te faltó compañía masculina en Londres, como yo había imaginado. Claro, es normal. ¿Qué hombre podría resistirse a una chica que irradia inocencia y sexualidad a la vez, como tú?

—No me he acostado con ningún otro hombre, Flynn. Tú eres el padre de Sorcha.

Él la miró, atónito.

—¡Por el amor de Dios! ¡Debes de creerme el hombre más tonto de la tierra!

Sus palabras fueron como un cuchillo afilado en su corazón.

—No, no lo creo —contestó Caitlin—. Y no estoy intentando tratarte como si lo fueras...

—¿Quieres que crea que tienes un hijo mío?

—Yo nunca te mentiría sobre algo tan importante. ¡Nunca!

—¿Por qué voy a creerte? —le espetó Flynn.

—No estoy interesada en manipular ni en engañar a nadie y no lo he estado jamás. Sé que puedes pensar que he esperado demasiado tiempo para decírtelo, pero solo intento solucionar las cosas. Cuando volví para el funeral me di cuenta de que había llegado el momento de contarte la verdad. Sorcha tiene casi cuatro años... tengo su partida de nacimiento si quieres verla.

Al principio Flynn no podía creer que aquello estuviera pasándole otra vez. Que otra mujer estuviera diciendo que era el padre de un niño, esperando que aceptase ese hecho como si no tuviera una mínima capacidad de discernir la verdad del engaño.

Había sido terrible que Isabel lo engañase sobre el niño que esperaba. Había sido desolador encariñarse con Danny para descubrir después que no era hijo suyo. Él sabía que ese matrimonio no podía durar... ¿cómo iba a durar si sus padres lo habían empujado a casarse con Isabel? Pero él habría hecho lo imposible por que la relación funcionase si el niño hubiera sido suyo y no de otro hombre.

Lo que más le dolía era que siempre había esperado algo más de Caitlin. La había creído incapaz de actuar con doblez o engaño. Hasta que lo dejó, claro.

—Si es mi hija, como tú dices, ¿por qué no te has puesto en contacto conmigo antes? —demandó, furioso—. ¿Y si tu padre no hubiera muerto? ¿Te habrías molestado en contármelo?

–Yo... no me puse en contacto contigo porque
no sabía cómo ibas a tomarte la noticia. Siempre
has sido un enigma para mí, Flynn. Nunca sabía
lo que estabas pensando o cómo ibas a reaccionar.
Nunca me hablabas de tus sentimientos, de tus pe-
nas, de tus sueños. ¿Cómo iba a saber si querrías
tener un hijo conmigo? Cuando estábamos juntos,
jamás me dijiste si nuestra relación iba a algún sitio o no y pensé... pensé que para ti era una aventura, algo que tarde o temprano tendría que terminar. Y no quería que siguieras conmigo solo porque
estaba embarazada.

–¿Así que, en lugar de darme la oportunidad de
decir que quería a ese niño, saliste corriendo?

Caitlin tragó saliva.

–Lo dices como si la decisión hubiera sido fácil
para mí.

–No sé si lo fue, pero te marchaste de todas
formas...

–Me fui porque creí que era lo único que podía
hacer.

–¿Estás diciendo en serio que tengo una hija de
cuatro años?

–Sí.

Flynn decidió no ver las lágrimas que brillaban
en sus ojos. Si aquella nueva experiencia con una
mujer engañosa no lo marcaba de por vida, no sabía qué podría hacerlo.

–¿Y has criado a esa niña tú sola durante todos
estos años? ¿No ha habido otro hombre?

–No –contestó ella–. Mi tía Marie me ayudó muchísimo. Ella cuidaba de Sorcha mientras yo iba a trabajar.

Flynn se pasó las dos manos por el pelo.

–¡Esto debe de ser una pesadilla!

–No digas eso. ¿Tan terrible es descubrir que eres padre?

El rostro de querubín de Danny apareció en su cabeza entonces y el dolor que acompañó a esa imagen fue indescriptible. Tragando saliva, Flynn intentó recuperarse.

–¿Y dónde está ahora?

–En casa. Una vecina se ha quedado con ella mientras yo venía aquí... Mary Hogan.

–¡Por Dios Bendito!

Flynn se dio la vuelta entonces. ¿Podría estar diciendo la verdad? ¿Podría ser el padre de una niña a la que no había visto nunca... una niña que tenía cuatro años?

No había sido siempre tan escrupuloso como debería en cuanto a usar un preservativo, recordó, sintiéndose culpable. A veces su pasión por la mujer que ahora estaba frente a él rompía todas las barreras. Había empezado a bajar la guardia con Caitlin... había empezado a confiar en ella. Jamás imaginó que lo abandonaría como lo hizo.

No había palabras para describir lo que sentía en aquel momento. Incredulidad, asombro... nada podía explicar con total claridad las tumultuosas sensaciones que experimentaba.

–Siento no habértelo contado antes.

Lo había dicho en voz tan baja que apenas la oyó, pero Flynn se volvió para mirarla. El calor de la chimenea había teñido sus mejillas de rojo y su pelo rubio brillaba como si estuviera directamente bajo la luz del sol.

Incluso ahora, cuando su vida había sido lanzada al caos más profundo, seguía deseándola. Pero tenía que luchar contra esa atracción porque había mucho en juego, no solo el futuro de su hija, sino su propia cordura.

–Lo sientes, ¿eh? Qué frase tan sencilla para disimular tu desprecio hacia mí.

–Yo no te desprecio, Flynn.

–Lo único que puedo decir es que será mejor que no me mientas. Si lo haces, lo lamentarás, te lo aseguro.

–No tienes ningún derecho a amenazarme –replicó ella, airada–. ¿Por qué no vienes conmigo a casa y conoces a Sorcha? Se parece a ti, aunque es rubia como yo.

–¿Le has hablado de mí?

Flynn no sabía qué pensar. El dolor de haber perdido a Danny lo había hecho temer encariñarse con otro niño alguna vez. ¿Sería capaz de tal cosa cuando desde entonces había encerrado su corazón en una jaula de acero?, se preguntó.

Pero no podía negar la ansiedad, la anticipación que sentía... aunque estaba furioso con Caitlin por haberle ocultado la existencia de la niña, sabía en su corazón que ella no le estaba mintiendo.

–No, no le he hablado de ti –contestó ella por fin–. Pensé que lo mejor sería esperar hasta que hubieras tomado una decisión. Puedo decirle que eres un amigo, si te parece. Quizá sería lo mejor por el momento.

–¿Lo mejor para quién?

–Para Sorcha –contestó Caitlin–. No tiene ningún sentido decirle que tú eres su padre si luego decides que no quieres saber nada de ella. La niña no lo entendería, es muy pequeña.

–Pero soy su padre –Flynn apretó los dientes–. Y quiero que lo sepa. No quiero que haya más mentiras. ¡Dios sabe que he tenido que soportar todas las mentiras que un hombre es capaz de soportar!

–Te oigo perfectamente, no tienes que gritar –le espetó ella, levantando la barbilla para demostrarle que no la intimidaba.

Y Flynn admiró su coraje. Aunque no estaba de humor para ser conciliador después de lo que acababa de descubrir.

–Voy a buscar una chaqueta.

Flynn se dirigió a la puerta mientras Caitlin tomaba el abrigo que había dejado sobre una silla.

Cuando Caitlin y Flynn llegaron a casa, Sorcha estaba en el cuarto de estar con Mary Hogan, mirando las piezas de un rompecabezas que estaban haciendo juntas.

Lo único bonito de aquel sitio era el alegre fuego de la chimenea y Caitlin no pudo evitar ver la que había sido su casa de la infancia desde el punto de vista de Flynn.

Después de la opulencia de Oak Grove, aquel sitio debía de parecerle de una pobreza terrible. Las sillas que había alrededor de la mesa camilla eran de cáñamo y tan viejas como las montañas de Irlanda. Y el resto de los muebles no eran más que leña para la lumbre. Sobre el suelo de piedra solo había una alfombra vieja... y ni eso podía hacer que la habitación tuviese un aspecto acogedor.

Tragándose la vergüenza, y segura de que la atención de Flynn no estaría puesta en el aspecto de la casa sino en su hija, Caitlin sonrió a la diminuta Mary Hogan, pensando que la mujer debía de haberse quedado atónita al ver a Flynn Mac-Cormac allí.

Aunque llevaba vaqueros y un simple jersey de lana bajo la chaqueta de cuero, la calidad de la ropa y su orgulloso aspecto lo separaban de la gente del pueblo. Y eso sin saber que su familia era prácticamente la propietaria de toda aquella comunidad. ¡Incluso había una montaña que se llamaba como ellos!

–Hola, Mary. Vengo con un... amigo. Flynn, te presento a la vecina de mi padre, Mary Hogan.

–Hola, Mary –Flynn estrechó la mano de la mujer, pero estaba mirando la carita de la niña, que lo miraba a su vez sin disimular su curiosidad–. Y tú debes de ser Sorcha.

Caitlin sabía que no estaba imaginando el temblor de su voz y se preguntó si Mary lo habría oído también... y qué debía de pensar. Afortunadamente para ella, la agradable vecina de su padre no era una cotilla inveterada como otras.

–Sorcha, cariño, dile hola a Flynn.

–Hola.

Después de saludarlo, la niña se metió tímidamente el pulgar en la boca y Caitlin pasó una mano por su pelito rubio.

–No pasa nada, cariño. Puede que sea muy grande, pero no va a morderte.

Usando el sentido del humor para disimular la tensión, miró nerviosamente al hombre que estaba a su lado y vio, aliviada, que estaba sonriendo.

–Solo muerdo cuando tengo mucha, mucha hambre –bromeó Flynn–. Y afortunadamente para ti he tomado un buen desayuno antes de venir.

–¿Quieres una taza de té? ¿Y tú, Mary?

–No, gracias, cariño. Me voy a casa. Pero si necesitas algo, no dudes en llamarme.

–Muy bien, gracias.

–Pasaré por aquí por la mañana antes de ir a la compra para ver si quieres algo. Y no olvides la bandeja que he dejado en el horno para ti y para la niña –sonrió Mary, tomando la bolsa de tela en la que guardaba el punto y las gafas.

–Gracias por cuidar de Sorcha.

–De nada. Es una niña maravillosa. Tu padre me enseñaba fotos suyas... estaba tan orgulloso.

Viendo la expresión de Flynn, Caitlin sintió un escalofrío. Sin duda estaba furioso porque Tom Burns le había ocultado la existencia de la niña sabiendo que él era su padre. Pero rezaba para que no se pusiera a gritar delante de Sorcha. No sería un buen principio que los viera discutir.

–Encantada de conocerlo, señor MacCormac. No, no hace falta que me acompañes a la puerta, Caitlin, ya salgo yo sola...

–Te acompaño de todas formas. Y cuidado por el camino, está lleno de nieve.

–No te preocupes por mí. Me tomaré mi tiempo para no tropezar –se rio la mujer.

Cuando Caitlin volvió al cuarto de estar, Flynn estaba sentado en la silla que Mary había dejado libre, hablando con Sorcha.

Al ver el pelo rubio de su hija en contraste con el pelo oscuro de Flynn, los dos inclinados sobre el rompecabezas, su corazón casi perdió el ritmo. Parecía tan natural que estuvieran así que Caitlin no pudo evitar sentirse culpable por haberlos mantenido separados durante tanto tiempo.

–Ahora sí tomaría una taza de té, si la oferta sigue en pie –dijo Flynn, clavando en ella su implacable mirada antes de volverse hacia la niña–. A ver... te apuesto lo que quieras a que esta pieza va aquí. ¿Lo ves? ¿No te lo había dicho?

–¡Es verdad! –exclamó Sorcha.

Caitlin, con el corazón en la garganta, fue a la cocina a preparar el té.

Capítulo 4

CAITLIN se percató de que, tras la ilusión inicial al ver a Sorcha, Flynn empezaba a mostrarse reservado. Era como si estuviera deliberadamente conteniéndose, distanciándose de la niña... como si no creyera de verdad que Sorcha era su hija.

Las dos últimas horas habían sido una farsa, con Caitlin haciendo todo lo posible para ocultar la tensión, llenando los silencios con una cháchara interminable, y Sorcha mirando al extraño con expresión tímida, como si también ella sintiera que estaba incómodo.

Al principio Caitlin pensó que se quedaría solo un ratito. Evidentemente, necesitaba tiempo para acostumbrarse a la idea de que era padre. Pero, a pesar de su actitud reservada, la sorprendió quedándose más tiempo del que había esperado.

Después de tomar un vaso de leche caliente, Sorcha se había quedado dormida en el sofá y Caitlin pensó que por fin podría hablar con él.

–Nos iremos dentro de unos días y estaba pensando... me gustaría saber si quieres volver a ver a la niña.

Ocupando todo el sillón con su gran envergadura, las largas piernas estiradas hacia la chimenea, Flynn la estudió durante unos segundos antes de contestar:

–Tenías razón sobre el parecido. Los genes de los MacCormac son fuertes.

–Ya.

Caitlin contuvo el aliento, esperando.

–No puedo creer que tu padre lo supiera durante todo este tiempo y no me dijese nada. Solía verlo de vez en cuando en el pueblo y siempre pasaba a mi lado sin decir una palabra, sin mirarme... como si no existiera. ¡Y luego dicen que los MacCormac somos arrogantes!

–Lo hacía porque estaba preocupado por mí. Tú eras... quien eras. Un hombre mayor que yo, además. Pensaba que estabas aprovechándote de mí e intentaba protegerme, eso es todo.

–¡Pero mantener tu paradero en secreto y el hecho de que estabas esperando un hijo mío!

–Baja la voz –le advirtió Caitlin.

–Si tu padre viviera... bueno, da igual. No puedo creer que hiciera lo que hizo. Supongo que alguna vez se le ocurriría pensar que a mí me gustaría ver a la niña, cuidar de ella, tener algo que ver con su vida. ¡Pero sin duda decidió que yo no me merecía saberlo!

Seguía levantando la voz y Caitlin miraba ansiosa hacia su hija. Pero la niña parecía profundamente dormida, su carita estaba roja por el calor de la chimenea.

–No sé lo que pensó. Solo sé que se puso furioso conmigo cuando le dije que estaba embarazada.

Flynn tragó saliva.

–¿Qué pasó, Caitlin?

–Me acusó de deshonrar a la familia. Era muy anticuado para cosas como el sexo o el matrimonio... por cuestiones religiosas, supongo. En fin, la verdad es que apenas mantuvimos contacto desde que me marché a Inglaterra. Le enviaba cartas, fotos de la niña, pero no me contestó nunca.

–¿Nunca?

–No. Me he quedado sorprendida cuando Mary ha dicho que estaba orgulloso de Sorcha. Supongo que lo dijo delante de ella para mostrarse amable.

Flynn asintió con la cabeza.

–Quiero seguir viéndola, por supuesto.

–¿Estás seguro? Pareces... pareces no creerte del todo que eres su padre. Supongo que ha sido una gran sorpresa para ti y entiendo que podrías tardar algún tiempo en aceptar la realidad...

–¡Tú no tienes ni idea de lo que siento!

–No levantes la voz –volvió a decir Caitlin–. Y sí, es verdad, no sé lo que sientes. Dímelo tú,

Flynn. Al menos así podremos llegar a algún sitio. Yo no voy a obligarte a hacer nada que no quieras hacer. Ni siquiera a que aceptes que Sorcha es tu hija.

Él se quedó callado un momento, como si lamentase su explosión de rabia.

—Quiero que vengáis las dos mañana a la casita de la montaña. Podemos seguir hablando allí.

Flynn se levantó, su imponente estatura y anchos hombros relegaron el pequeño cuarto de estar a la proporción de una casa de muñecas.

—¿Compraste esa casa en las montañas?

A pesar de la pena que le causaba su amargada actitud, Caitlin se interesó por aquel sitio que Flynn había querido comprar cuando estaban juntos. La había llevado allí una vez para mostrarle la casa abandonada a la que la agencia inmobiliaria que se encargaba de su venta llamaba «un montón de piedras con una cabra».

Flynn disimuló una sonrisa. Caitlin se había quedado encantada, encontrando todo tipo de posibilidades en aquel montón de piedras... incluso en la cabra.

—No solo la he comprado, la he reformado.

—¿De verdad? Estupendo. ¿Y es allí donde escribes tus libros?

—Sí.

—Entonces no te faltará inspiración. Tendrías que irte muy lejos para encontrar otro sitio parecido.

Por un momento, Flynn olvidó que estaba enfadado con ella, olvidó que lo había dejado estando embarazada de su hija y, en lugar de furia, una oleada de afecto atravesó su corazón. Los únicos momentos de paz que había disfrutado en su vida habían sido con Caitlin. Con su inocencia, su alegría.

Pero eso fue años atrás y muchas cosas habían cambiado desde entonces.

–Sí, es verdad.

–¿Y qué fue de la cabra?

–Se la regalé a un granjero.

–Deberías habértela quedado. Era todo un personaje.

Sintiéndose extrañamente azorado, Flynn apretó los labios.

–Vendré a buscaros alrededor de la una. Ponle a la niña algo de abrigo, será un viaje largo con este mal tiempo –dijo, sin mirarla–. Bueno, hasta mañana.

Y se dirigió a la puerta para no dejarse llevar por el poderoso deseo de tomarla en sus brazos. No sería lo más inteligente en aquellas circunstancias. Tenía que mantener la cabeza fría.

Enfrentándose al viento y la lluvia, Flynn bajó la cabeza mientras se dirigía al coche, sin dejar de pensar que ahora tenía una hija y que, de nuevo, tendría que aprender a ser padre... a cuidar de Sorcha, cuando haciéndolo arriesgaría su corazón como no había creído tener que volver a hacerlo jamás.

Al día siguiente, a la una, Caitlin oyó el claxon del Land Rover y tuvo que hacer un esfuerzo para que no le temblasen las piernas mientras salía a la puerta con la niña de la mano.

Había saltado el primer obstáculo diciéndole a Flynn que Sorcha era su hija, pero no dudaba que habría otros. Estaba entrando en terreno desconocido y no podía evitar sentir miedo.

Un pensamiento había cruzado su mente la noche anterior, cuando Flynn mencionó que le gustaría seguir viendo a Sorcha. ¿Se refería a tener la custodia compartida? Eso era algo que la asustaba por varias razones; para empezar, porque vivían en países diferentes y, de ser así, tendría que separarse de su hija durante más tiempo del que podría soportar.

La normalmente charlatana Sorcha se había quedado en silencio y apretaba su mano con inusual fuerza.

—El hombre que ha estado en casa... —le había dicho el día anterior, cuando la niña se despertó de su siesta—. Ese hombre es tu papá, cariño.

Los ojos verdes de Sorcha se clavaron en los suyos.

—¿De verdad? No sabía que tuviera un papá.

—Pues claro que lo tienes, cielo. Pero cuando mamá te tuvo, no estábamos juntos.

–Entonces, el señor que me ha ayudado con el rompecabezas... ¿es mi papá?

–Sí, Sorcha. Se llama Flynn MacCormac.

–¿El mismo nombre que la familia que tiene los caballos? –exclamó la niña, emocionada.

–Eso es –contestó Caitlin, con la garganta seca.

–Pero mamá... ¿y si él no quiere tener una niña? –respondió su hija, haciendo un puchero–. ¿Por qué ha esperado tanto tiempo para conocerme?

Mientras recorrían el camino cubierto de nieve, Caitlin tuvo que hacer un esfuerzo para ocultar su angustia.

El práctico Land Rover de Flynn era uno de los pocos coches que podían funcionar con un tiempo tan inclemente, cuando la mayoría de los conductores tenían que abandonar sus vehículos en la carretera. Esa sería la única manera, aparte de un helicóptero, de llegar a la aislada casita de la montaña.

Le había encantado aquella casa nada más verla. Era un sitio místico, salvaje, rodeado de robles y de silencio en el que uno casi podía oír los latidos de su corazón.

No lejos de allí había un camino hasta la cumbre de la montaña desde la que podía verse una panorámica majestuosa del mar en todas sus tonalidades: aguamarina, gris, azul marino y verde musgo. Ese paisaje curaría hasta el corazón más malherido...

Sí, entendía por qué Flynn había comprado

aquel refugio. Si un hombre buscaba un poco de paz o solaz alejado del mundo, lo encontraría allí.

Él esperaba en la puerta del coche, una figura oscura e impresionante que incluso a distancia resultaba imponente.

Caitlin sintió su mirada clavada en ella, luego en la niña. ¿Qué estaría pensando?, se preguntó. ¿Estaría examinando el rostro de Sorcha para comprobar si realmente era hija suya? ¿Seguiría pensando que era hija de otro hombre? El corazón le latía con fuerza cuando llegaron a su lado.

–Hola –lo saludó, intentando sonreír.

Pero él no le devolvió la sonrisa. En lugar de eso, se puso en cuclillas frente a la niña.

–Hola, Sorcha. Me alegro de verte otra vez.

–Hola –replicó ella, clavando su solemne mirada en Flynn–. ¿Sabes que voy a cumplir cuatro años en mi próximo cumpleaños?

–Sí, lo sabía. Es una edad estupenda, ¿no?

Flynn estaba sonriendo ahora y la oscura belleza de esa sonrisa le quitó el aliento.

–¿Vamos a la casa? ¿La que tiene caballos? –preguntó Sorcha, esperanzada.

–¿Caballos? –repitió Flynn.

–Sorcha los vio cuando veníamos del aeropuerto –explicó Caitlin–. Me preguntó de quién eran y le dije que de tu familia.

–Ah, ya entiendo –Flynn se incorporó, poniendo una mano sobre el gorrito de la niña–. Te llevaré a ver los caballos muy pronto –le prometió.

–¿De verdad?

–Sí, pero ahora mismo voy a llevarte a mi casa de las montañas. Está bastante lejos, así que lo mejor es que subamos al coche, ¿te parece? No quiero que estemos demasiado tiempo al aire libre con este frío.

–Quitaos los abrigos –dijo Flynn, muy serio, mientras entraban en el rústico porche de su refugio de montaña–. Voy a poner la calefacción, pero también podemos encender la chimenea.

–Eso estaría bien –murmuró Caitlin.

Flynn apenas había dicho una palabra durante el viaje, sin duda prefiriendo concentrarse en la resbaladiza carretera. Tras él, Caitlin iba callada, con Sorcha en el regazo, y sus ojos azul zafiro clavados en la espalda del hombre y en los acantilados que había al otro lado de la ventanilla.

La tensión del peligroso viaje, unida a la que había entre ellos era tan pesada como una manta que los envolvía a los tres y Caitlin deseaba decir algo que la rompiese, cualquier cosa.

Pero, por fin, habían llegado a su destino y la escena que los recibió era como la ilustración de un cuento para niños: la cumbre blanca de una montaña, tejados cubiertos de nieve a lo lejos...

Aunque las reformas debían de haber sido

enormes para hacer que la casa fuera habitable, Caitlin sabía que Flynn tenía preferencia por el calor natural de la chimenea o, en verano, el calor del sol. E intuyó que el interior sería tan rústico y natural como el hermoso paisaje que la rodeaba.

Cuando Sorcha y ella lo siguieron hasta el cómodo cuarto de estar, con sus suelos de madera, gruesas alfombras y enormes ventanales que parecían llevar el paisaje cubierto de nieve al interior, comprobó que no se había equivocado.

Pero cuando Flynn se acercó a la chimenea, los recuerdos la embargaron.

Habían hecho aquello antes: encender un fuego para poder hablar, comer y hacer el amor con las llamas calentándolos en un día helado como aquel...

Le dio un vuelco el corazón al ver una colección de caracolas sobre una mesa de cerezo al lado de la ventana. Estaba segura de que habían recogido juntos esas caracolas durante sus interminables paseos por la playa...

Y en la pared había cuatro acuarelas de la montaña en las diferentes estaciones del año que Caitlin le había comprado por su cumpleaños. En su casa de Oak Grove habrían estado completamente fuera de lugar, pero allí quedaban perfectas.

Se sintió inexplicablemente conmovida al verlas allí, en el sitio al que Flynn se retiraba del resto del mundo para escribir, un sitio que le había enseñado a ella antes que a nadie quizá porque sabía instintivamente que entendería lo que significaba para él.

Caitlin arrugó el ceño mientras se inclinaba para quitarle el abrigo a su hija.

–Ya está, cariño –sonrió, quitándole también el gorrito.

–Supongo que os apetecerá tomar algo caliente –dijo Flynn.

El fuego empezaba a crepitar alegremente en la chimenea. Había tantas cosas que discutir, pensó Caitlin. Pero ¿cómo iban a hacerlo con Sorcha delante?

–¿Por qué no dejas que yo prepare un té? –sugirió, insertando una falsa nota de alegría en su voz–. Así podrás hablar un ratito con Sorcha.

Estaba intentando hacer las paces. Él la había amenazado el día anterior y su actitud no era precisamente la de un hombre comprensivo, pero tenía que hacerlo por su hija.

–Sí, claro. La cocina está ahí, a la derecha. Allí encontrarás todo lo que necesitas. Grita si no encuentras algo.

–Lo haré.

Su sonrisa no sirvió de nada. La expresión seria de Flynn no cambió en absoluto. Parecía más resentido que nunca aquel día. Sin duda, el tiempo que había tenido para pensar en su nueva situación solo había servido para que se sintiera más amargado.

Caitlin intentó relajarse.

–Voy a hacer un té entonces.

–Hay zumo para Sorcha en la nevera.

–Ah, estupendo.

En la alegre cocina, tradicionalmente el núcleo de las familias irlandesas, Caitlin no tuvo ningún problema para localizar la tetera, el té y las tazas. Todo estaba perfectamente ordenado.

Mientras esperaba que se calentase el agua, oyó que Flynn y Sorcha hablaban en el cuarto de estar... la voz de Flynn tan varonil en contraste con el infantil tono de la niña. Caitlin sabía que no podía detener la ola ahora que le había revelado su secreto, pero temía la reacción de la familia MacCormac cuando supieran la noticia. Si no la sabían ya.

–¿Lo has encontrado todo?

Flynn entró en la cocina, su alta figura parecía dominar la habitación.

–Sí, gracias –Caitlin carraspeó–. Lo que has hecho con esta casa es asombroso. Ha quedado preciosa –añadió, echando el agua caliente en la tetera.

Flynn se quedó mirándola sin decir nada y ella intentó, en vano, que no le temblasen las manos mientras seguía echando el agua.

–Ha sido difícil, pero le tengo cariño a esta casa –dijo por fin, sorprendiéndola con esa admisión.

–Ya lo veo.

–Sorcha es tan lista... tiene un vocabulario enorme para su edad.

El inesperado comentario hizo que Caitlin lo mirase. Casi parecía emocionado.

–Sí. Es muy espabilada. Tiene una voluntad de hierro y puede ser muy mandona cuando se lo propone, así que no te dejes engañar por esa carita de ángel.

–¿Como su madre entonces?

A Caitlin se le puso la piel de gallina.

–¿Has dicho que tenías zumo para la niña?

–Sí, en la nevera. Y hay galletas en ese armario.

–No podemos irnos demasiado tarde. La carretera es muy peligrosa y no deberías conducir de noche.

–¿Ya estás deseando irte? –preguntó él.

–¡No, en absoluto! –Caitlin se puso colorada mientras colocaba las tazas en una bandeja–. Sé que tenemos mucho que hablar.

–Eso es decir poco.

Mirándola con una frialdad que traicionaba la emoción que ella había creído ver unos segundos antes, Flynn se volvió para reunirse con su hija.

Mientras Sorcha estaba tumbada delante de la chimenea, dibujando con unos rotuladores que había encontrado en un cajón, Flynn miró a su madre, sentada al otro lado del sofá.

Caitlin estaba tomando el té y mirando las llamas de la chimenea como transfigurada. El reflejo de las llamas hacía que su pelo pareciese de oro...

Le resultaba difícil creer que hubiera vuelto. ¿Desaparecería si cerraba los ojos un momento?, se preguntó. Esa sería la prueba de que todo aquello era cosa de su imaginación.

Flynn miró alrededor. Aquella casa había perdido su significado el día que ella se marchó, por mucho cariño que le tuviera o por muy maravillosa que fuese la transformación.

Entonces volvió a mirar a Caitlin. Estudiando aquel rostro sereno, la frente sin arrugas y los ojos de color azul china, se sintió desesperado.

¿Por qué le había ocultado la existencia de Sorcha? Seguía sin entenderlo, por mucho que lo intentase.

—¿Dónde está la librería en la que trabajas? –preguntó, buscando un tema neutral para no discutir delante de la niña.

—En Tottenham Court. Es una librería muy conocida, allí puedes encontrar cualquier libro que busques.

—¿Y esa tía tuya sabía que pensabas hablarme de Sorcha por fin?

—Sí.

—¿Y cuál es su opinión sobre todo esto?

Caitlin apartó la mirada ante el repentino cambio de tema. Tenía que calmarse, tenía que explicárselo con claridad.

–Cuando le dije que pensaba contártelo... se quedó un poco preocupada.

–Ya me lo imagino –asintió Flynn–. Supongo que se puso de acuerdo con tu padre para mantener tu paradero y el hecho de que tenías una hija mía en secreto durante todos estos años.

Caitlin miró a la niña, pero Sorcha parecía concentrada en sus dibujos.

–Ella me aconsejó que intentase curar las heridas del pasado contándote la verdad –respondió, haciéndole un gesto para que bajase la voz–. Mi tía Marie siempre pensó que debería haberme puesto en contacto contigo y no perdona el comportamiento de mi padre, pero me ayudó porque es de mi familia y me quiere.

–¿Y ni a tu padre ni a ti se os ocurrió pensar en mí mientras me mantenías alejado de mi hija?

Inevitablemente, estaba levantando la voz y Sorcha levantó la cabeza.

–¡Quiero hacer un muñeco de nieve! –anunció. Un segundo después se plantaba delante de Flynn con las manos en las caderas, como una maestra de escuela enfrentándose a un alumno maleducado–. ¡Tienes que ayudarme!

Flynn se levantó, sin poder evitar una sonrisa.

–Hace años que no hago un muñeco de nieve, cariño. Tendrás que enseñarme tú.

–No te preocupes –dijo Sorcha, muy segura de sí misma mientras tomaba su mano–. Yo te enseñaré.

–No olvides ponerte el abrigo, Sorcha Burns. ¡Y los guantes! –gritó Caitlin mientras veía a padre e hija salir al porche.

Deteniéndose un momento para mirarla, Flynn le dijo con la mirada lo que pensaba de que la niña no llevase su apellido. Y, cuando Caitlin se puso colorada, supo que su silenciosa desaprobación había dado en la diana.

Capítulo 5

CONTRA todo pronóstico, el muñeco de nieve había sido un éxito total. Desde luego, su hija parecía encantada.

Sorcha era una niña muy fuerte para ser tan pequeña, pensó con inesperado orgullo, viendo cómo daba palmaditas de ilusión ante el resultado de su trabajo... aunque tenía los guantes empapados y debía de estar congelada.

Había trabajado mucho y sin quejarse haciendo montones de nieve mientras Flynn intentaba valientemente recrear un muñeco reconocible. No tenía práctica en ese tipo de cosas... de hecho, no la había tenido nunca.

Ese era el problema. No había habido muchos niños en su vida desde la infancia. Y como esta había sido más bien solitaria a pesar de su hermano, Daire, que tenía sus propios amigos y desdeñaba su compañía siempre que le era posible, Flynn no había encontrado gran placer en los juegos de niños. Aparte de leer y perderse en expediciones por el bosque, naturalmente.

De todas formas, disfrutó inmensamente haciendo aquel muñeco con su hija.

Terminaron la rotunda figura insertando dos piedras redondas como ojos, una zanahoria como nariz y poniéndole una bufanda de lana al cuello. Después de dibujarle una sonrisa, a insistencia de Sorcha, el trabajo estaba terminado.

Y Caitlin, en el porche, revisaba el resultado de brazos cruzados, soportando el viento que lanzaba copos de nieve por todas partes, con una sonrisa en los labios.

—Es fantástico, ¿verdad? Tiene carácter. Bien hecho.

Sin darse cuenta, Flynn se sintió atrapado por el calor de esa sonrisa y se encontró a sí mismo devolviéndola. Luego, enseguida, recordó el sufrimiento que ella le había causado y la sonrisa desapareció.

—Será mejor que entremos para calentarnos un poco —murmuró, poniendo una mano en la espalda de Sorcha para guiarla hacia el interior de la casa.

—Voy a llamarlo Tom. ¡Como mi abuelo! —anunció la niña, orgullosa.

—Buena idea —asintió Caitlin, sin mirar a Flynn.

Él no necesitaba recordatorios del hombre que la había convencido para que se alejase de él, privándolo de su hija. Cuando Caitlin se dio la vuelta hacia el cuarto de estar, Flynn pasó a su lado para ir a la cocina.

—Voy a hacer chocolate mientras la niña entra en calor. Hay una manta en el baúl, a un lado del sofá... deberías ponérsela encima.

–Gracias, lo haré.

Su expresión era más cauta ahora y la sonrisa había desaparecido.

Caitlin veía con ansiedad cómo la luz del día iba desapareciendo poco a poco al otro lado de las ventanas. En el cómodo sofá, a su lado, Sorcha se había quedado profundamente dormida, agotada por el ejercicio y relajada después por el chocolate caliente. La había tapado con una manta de cuadros y solo se le veían las mejillas y el pelito rubio.

Pero tendrían que marcharse pronto si querían llegar a casa antes de que se hiciera de noche, pensó, mirando de nuevo hacia las ventanas. Sería una locura hacer el viaje con aquella tormenta de nieve.

Flynn estaba en la cocina... y debía de estar haciendo algo de comer porque llegaba un delicioso aroma al cuarto de estar, pero tendría que insistir en que se fueran lo antes posible.

Cuando estaba a punto de levantarse para hablar con él, Flynn entró de nuevo en el cuarto de estar y miró a la niña, con los pies sobre el regazo de su madre y la cabecita rubia sobre un cojín multicolor.

–Ya me imaginaba que se quedaría dormida –murmuró, moviendo los leños con un atizador para avivar el fuego.

–No ha podido aguantar más.

Apretando los labios, Caitlin sintió que se le aceleraba el corazón al ver ese perfil duro y decidido y cómo sus bien definidos músculos se ajustaban a los vaqueros mientras se inclinaba ante la chimenea. La luz anaranjada de las llamas convertía su atractivo rostro en una máscara de bronce y se preguntó si había imaginado todos esos momentos en los que logró sacarle de su humor sombrío y hacerlo sonreír.

Nunca más...

Nunca más tendría el poder de hacerlo. Era como despertar una mañana y descubrir que no habría más primaveras, solo un invierno eterno.

—Flynn, creo que sería mejor que...

—¿Recuerdas cómo llamaban los celtas a esta época del año? —la interrumpió él.

«¿Cómo voy a recordar nada si me miras de esa manera?», se preguntó Caitlin, sintiendo un sofoco.

—No, no me acuerdo.

—*Anagantios*... momento para quedarse en casa.

—Sí, tiene sentido. ¿Qué otra cosa se puede hacer con este tiempo?

Flynn siempre había compartido con ella su amor por los antiguos celtas. De hecho, había sido su propio interés por el folclore y sabiduría de sus antepasados lo que la había llevado a la biblioteca del pueblo para oír a Flynn hablar sobre las festividades celtas una noche de lluvia cinco años antes.

Entusiasmada tanto por el hombre como por la conferencia, lo había buscado tímidamente después, entre otras muchas personas, para hacerle preguntas.

El hecho de que fuese un MacCormac, un hombre educado, refinado y de gran inteligencia, que podía dar miedo cuando quería, debería haberla hecho dar marcha atrás, pero Caitlin había logrado olvidar sus miedos y hablar con él.

Y cuando sus ojos se encontraron por primera vez, ninguno de los dos había sido capaz de apartar la mirada.

Antes de volver a casa esa noche, Flynn la había invitado a tomar una copa con él al día siguiente. Caitlin sabía que su padre la mataría si se enterase, pero después de lo que experimentó al mirar a Flynn MacCormac a los ojos por primera vez, ninguna amenaza, ninguna advertencia podría haber evitado que volviese a verlo.

Aún recordaba la pasión que experimentó, la asombrosa revelación de que el amor a primera vista no era un cuento de las novelas románticas.

—Tendremos que quedarnos a dormir. No puedo conducir de noche por esa carretera. Además... sigue nevando.

Incorporándose, Flynn dejó el atizador apoyado en la pared de la chimenea. Y Caitlin lo miró, alarmada.

—No podemos quedarnos a dormir.

–¿Por qué no? ¿Crees que podría intentar llevarte a mi cama otra vez? ¿Crees que no tengo orgullo después de lo que me hiciste?

–Flynn...

–No te preocupes, Caitlin, por muy irresistible que seas, yo aún tengo escrúpulos... aunque tú no los tengas.

Ella apartó la mirada, desolada. Flynn no parecía entender que lo que pasó fue debido a su juventud, a su inexperiencia. No quería entenderlo.

–Siento mucho haberte hecho daño. Y siento mucho que no puedas perdonarme –murmuró, tragando saliva–. Pero tú también me hiciste daño a mí.

–¿Yo?

–Sé que no te das cuenta, pero así es.

–¿Cómo?

–Te cerraste emocionalmente, hacías imposible que pudiera confiarte mis problemas. No entiendo por qué, cuando yo siempre te dejé claro que estaba loca por ti. Pero en fin... lo que está hecho, hecho está y no se puede volver atrás. Sé que entre nosotros hubo algo especial y que lo destrocé marchándome sin darte una explicación, pero he tenido que vivir con esa pena desde entonces.

–¿Tú has vivido con esa pena? –repitió él, irónico.

–Cada vez que miro a Sorcha y veo el parecido en sus ojos, en su sonrisa... cada vez que cumple años y tú no estás ahí para verlo... ¿no crees que he lamentado suficientemente lo que pasó? ¿Que lo siento de verdad, de corazón?

–¡Pero no lo lamentabas tanto como para volver y decirme la verdad!

Caitlin descubrió entonces que su primera impresión cuando lo vio en el pueblo era la correcta. Se había cerrado por completo para evitar que volvieran a hacerle daño, para que nadie pudiera derribar sus defensas. Ni siquiera con un ariete podría hacer mella en esa armadura suya.

–Sorcha y tú podéis dormir aquí –dijo Flynn después, más calmado–. Es la habitación más cálida de la casa. Ese otro sofá se hace cama... luego bajaré unas sábanas. Mientras tanto, he hecho sopa y hay pan del día también. Comeremos en la cocina si te parece, mientras la niña duerme.

Caitlin apenas probó la sopa y también él perdió el apetito mientras la observaba mirar el plato con cara de resignación.

La nieve que cubría la casa y sus alrededores ahogaba cualquier sonido, dejando un misterioso silencio, un silencio como el de un lago cuando todos los pájaros elevaban el vuelo de repente. Pero bajo esa engañosa apariencia de calma solo era cuestión de tiempo antes de que estallase la tormenta.

Su rostro era pálido como el alabastro y había marcas de fatiga bajo sus vibrantes ojos azules.

Seguramente no habría dormido mucho desde la muerte de su padre...

Caitlin lo había acusado de encerrarse en sí mismo, de hacer imposible que le confiara sus miedos... y su conciencia le decía que todo eso era verdad.

Luchando contra la compasión, haciéndose el duro contra la traidora atracción que sentía por ella, a pesar de haber dicho lo contrario unos minutos antes, de repente se levantó, el chirrido de la silla sobre el suelo de piedra rompió el silencio como una bofetada.

–Si ninguno de los dos va a comer, lo mejor será que haga un té.

–Aún no hemos hablado de lo más importante, Flynn. Tengo que saber si quieres seguir viendo a Sorcha cuando volvamos a Londres –Caitlin apartó el plato de sopa que no había sido capaz de disfrutar–. Ya que nos hemos quedado tirados aquí, deberíamos aprovechar para llegar a algún tipo de acuerdo... ¿no te parece?

Mirando esos ojos azules, Flynn sintió un calor primitivo en el vientre... la clase de calor que podía esclavizar a un hombre para toda la vida. Pero luchó contra ese debilitador deseo que lo tenía atrapado, intentando concentrarse.

–Lo he estado pensando –anunció, volviéndose hacia ella.

–Muy bien. ¿Te importaría decirme lo que has pensado?

—Es una tontería imaginar que podemos solucionar esto mientras tú sigas viviendo en Londres y yo aquí. Ahora que he conocido a Sorcha sé que verla un par de veces al mes no sería suficiente. Y así es como sería si siguiéramos viviendo en países diferentes. Solo se me ocurre una solución al problema.

—¿Qué solución? —preguntó ella, nerviosa.

—Que Sorcha y tú volváis a vivir aquí.

—¿Aquí, en Irlanda?

—Parece que la idea no te gusta.

Flynn no podía disimular su desilusión, pero no pensaba dejar que un segundo hijo se le escapara de las manos tan fácilmente. Aunque la idea de ser padre lo asustase más que nunca después de lo que había pasado con Isabel.

—No es volver a Irlanda lo que no me gusta —contestó Caitlin.

—¿Entonces?

—Yo tengo una vida en Londres y la niña echaría de menos a mi tía. Ella es la única familia que nos queda. Además, tengo mi trabajo... no puedo cambiar de vida así como así, sin pensarlo.

—¿Aunque sea lo mejor para Sorcha?

—¿Y cómo sabes tú qué es lo mejor para la niña? ¿Cómo puedo saberlo yo? La paternidad está llena de decisiones complicadas, Flynn. Y parece que esta es una de ellas —Caitlin se mordió los labios—. Me lo pensaré. Pero no puedo hacerte ninguna promesa.

–¿Has olvidado quién soy, Caitlin? ¿Lo que puedo darle a la niña? Su situación económica sería mucho mejor si volvierais a Irlanda. ¿Le negarías a nuestra hija la posibilidad de un futuro asegurado?

–No le negaría nada –replicó ella–. Pero tengo que considerar también mi vida, Flynn.

–¿Tu vida? Eres una madre soltera que intenta llegar a fin de mes trabajando en una librería...

–Hay miles de mujeres en mi situación –lo interrumpió ella, molesta.

–Sí, ya lo sé. Pero vives en una ciudad enorme, caótica. Aquí Sorcha viviría en el campo, rodeada por la naturaleza. Además, yo puedo ofrecerle los mejores colegios, tutores, una vida sin dificultades económicas...

Mientras hablaba, Flynn sintió una punzada de dolor en el corazón. Por primera vez, se dio cuenta de las dificultades que Caitlin había debido de atravesar para criar sola a su hija en una ciudad como Londres.

Pero eso lo decidió aún más a evitarle preocupaciones, aunque siguiera sin querer perdonarla por lo que había hecho.

–Como reconozco que Sorcha es mi hija, lo lógico es que la mantenga económicamente...

–Que *ayudes* a mantenerla, querrás decir –lo interrumpió Caitlin–. Estoy dispuesta a aceptar que nuestra hija es responsabilidad de los dos y no le negaría a Sorcha tu apoyo económico porque sería una irresponsabilidad. Pero yo necesito cierta independencia. Estoy acostumbrada a trabajar, a encargarme de todo. Y la última vez que busqué un trabajo aquí, la verdad es que no había muchos. No puedo volver sin tener un trabajo y dejar que tú te hagas cargo de todo.

—También yo soy familia de Sorcha ahora, igual que tu tía. ¿Crees que podría quedarme de brazos cruzados mientras la veo marchar, sabiendo que si vivierais aquí no tendría que pasar penalidades?

—Sorcha no ha tenido que pasar penalidades.

Flynn sacudió la cabeza.

—Aquí tendrá oportunidades que no tendría viviendo en Londres. Tú hablas de tomar decisiones difíciles... ¿tan difícil es tomar una decisión entre la penuria y la riqueza?

—¡Yo no vivo en la penuria!

—Bueno, ya sabes lo que quiero decir. Mudarte a Oak Grove conmigo es lo más sensato. No puedes alojarte en casa de tu padre. El otro día me quedé sorprendido al ver el estado de deterioro en el que estaba. No querría que mi hija viviera en ese chamizo...

Caitlin se levantó, airada.

—¡No te atrevas a hablar así de la casa de mi padre! El pobre se había hecho mayor y ya no podía encargarse de las reparaciones. Nunca tuvo dinero, pero eso no te da derecho a mirarnos por encima del hombro. Puede que fuéramos pobres, pero mis padres eran personas honradas y trabajadoras.

—Yo no...

—Después de perder a mi madre, el pobre lo pasó muy mal... pero hizo lo que pudo por mí y yo no tengo nada de qué avergonzarme. Así que no te atrevas a mostrarte superior solo porque tus padres tenían la suerte de ser ricos.

Estaba tan furiosa que respiraba con dificultad, sus pechos se marcaban claramente bajo el jersey azul. Por un momento, a Flynn se le pasó el deseo de discutir porque un deseo de naturaleza bien diferente empezaba a apoderarse de él.

—Hablas como tu padre. También él odiaba a la gente con dinero...

—¡Seguramente porque tu actitud le resultaba tan insultante como a mí!

—Deja de ponerte a la defensiva y sé un poco sensata. Lo mires como lo mires, Sorcha estaría mejor viviendo en Irlanda que en Londres, donde tú tienes que luchar para poner comida en la mesa...

—No tengo que *luchar* para poner comida en la mesa, trabajo para hacerlo como millones de personas —replicó ella.

—¿Con ayuda de tu tía?

—¿Y qué?

—Sorcha y tú vivís en su casa, una casa que no es tuya. ¿Qué clase de seguridad es esa para un niño?

–Sorcha es una niña querida y feliz. Esa es la clase de seguridad que tiene, la más importante. Algo que ni tú ni tu familia habéis entendido nunca.

–¿Y quién tiene la culpa de que no haya podido querer a mi propia hija? No sabía de su existencia hasta ayer.

–¡Las cosas no son tan sencillas! Me marché de aquí porque tuve que hacerlo... era muy joven, tú lo sabes tan bien como yo...

–Mira, Caitlin, será mejor que dejemos de discutir –la interrumpió Flynn entonces.

–Muy bien, dejemos de discutir. Pero necesito algún tiempo para pensarlo.

–¡Mamá!

Caitlin se llevó una mano al corazón al oír el grito de su hija y Flynn, alarmado, salió de la cocina incluso antes que ella.

Sorcha estaba sentada en el sofá, con el cabello rubio despeinado y los ojitos verdes llenos de lágrimas.

–Mamá está aquí, cariño. ¿Qué pasa, has tenido un mal sueño? –murmuró Caitlin, abrazándola.

–¡He soñado que te ibas a algún sitio y no volvías nunca! ¡Como mi papá!

–No me he ido a ninguna parte, cariño. He estado aquí todo el tiempo, a tu lado... con tu papá.

Levantando una mano, Flynn apartó el pelo de

la carita de la niña. Intentaba sonreír, pero parecía tener cierta dificultad completando la maniobra.

–¿Sabes una cosa? Yo tampoco pienso irme a ninguna parte. Te lo prometo.

Sorcha dejó de llorar y lo miró fijamente.

–¿Entonces vas a ser mi papá para siempre?

Capítulo 6

C UANDO se despertó, al amanecer, con el
edredón y las sábanas amontonados después de una noche dando vueltas y vueltas
en la cama, Flynn dejó escapar un suspiro. Se estaba volviendo loco. No dejaba de recordar una y
otra vez la carita de Sorcha y su vocecita mientras
le preguntaba si iba a ser su papá para siempre...

Era una niña excepcionalmente perceptiva para
su edad y, evidentemente, se daba cuenta de que
no había habido una figura paterna en su vida
desde que nació.

¿Cómo podía Caitlin haberle hecho eso? ¿Cómo
podía haberse marchado así, sabiendo que estaba
esperando un hijo suyo?

Sin embargo, no sería fácil encariñarse con
Sorcha después del trauma de perder a Danny. ¿Y
si Caitlin decidía un día que no lo quería en la
vida de la niña? ¿Qué podría hacer él?

Se volvería loco si eso ocurriera. Cuando Isabel se llevó a Danny, Flynn fue un hombre roto
durante mucho tiempo.

Maldiciendo el miedo que sentía ante la idea de

que volviera a pasarle lo mismo, Flynn se tapó la cara con las manos. Pero eso no sirvió de nada. Al contrario, solo servía para que siguiera pensando y era de esos pensamientos de los que quería huir.

Sentándose en la cama, estiró el arrugado edredón y se cubrió los hombros. La habitación estaba helada. Eran las seis de la mañana y aún era completamente de noche fuera, le dolía la cabeza y sentía como si alguien le hubiera tirado arena a los ojos. Normalmente se alegraba de estar solo. En aquel momento deseaba cualquier cosa menos eso.

Le resultaba imposible seguir soportando aquellos miedos en la soledad de su habitación y decidió que lo mejor sería levantarse. Pero como no quería despertar a Caitlin y a Sorcha, vaciló...

Saber que Caitlin estaba tan cerca tampoco lo había ayudado nada durante la noche. Como siempre, su presencia despertaba en él toda clase de deseos... aunque no pudiese confiar en ella.

Decidido a no aventurarse en más áreas oscuras de su mente, Flynn intentó tranquilizarse. Lo primero era lo primero...

Para despejarse la cabeza necesitaba un café. Quizá podría bajar a la cocina para hacérselo sin despertarlas. Y después, cuando Caitlin se hubiera levantado... Flynn intentó no imaginársela con la camiseta blanca que le había prestado para dormir. La camiseta blanca y nada más.

Bien, después, cuando Caitlin se hubiera levantado, hablaría con ella sobre sus planes de futuro para la niña. Porque, a pesar de que sus pensamientos no le dejaban en paz, lo que quería de repente estaba muy claro para él... aunque no entendía bien las razones.

–He estado pensando en lo que dijiste ayer – empezó a decir Caitlin–. Lo de que Sorcha y yo vengamos a vivir aquí.

–¿Y bien?

Fuera había dejado de nevar, pero todo estaba cubierto por una gruesa capa blanca. Incluso el muñeco de nieve de Sorcha había aumentado de tamaño.

–Y he decidido que sería buena idea.

Flynn intentó disimular un suspiro de alivio. De repente, podía respirar con libertad. Había pensado que tendría que discutir con ella, convencerla. Le sorprendió por completo que aceptase.

–¿Qué te ha hecho decidir eso? –preguntó.

Caitlin se encogió de hombros.

–Lo que dijiste ayer es lo más sensato, supongo. Y es justo que tengas tu oportunidad de convivir con la niña y ella contigo... pero solo si estás seguro de que eso es lo que quieres.

–Estoy completamente seguro.

El paisaje estaba helado, pero dentro del corazón de Flynn algo empezó a descongelarse.

–Muy bien, de acuerdo –sonrió Caitlin.

–Entonces, ¿podéis mudaros a mi casa hoy mismo?

–¿Hoy?

–¿Por qué no? Cuanto antes, mejor.

–No puedo mudarme hoy, Flynn –dijo Caitlin, aprensiva. Y él se preguntó si ya estaría lamentando su decisión.

–¿Por qué?

–Tengo que guardar las cosas de mi padre y arreglar la casa antes de darle las llaves al casero. Además...

–¿La casa no era de tu padre?

–No, la tenía alquilada –contestó ella–. Mis padres no podían pagar una hipoteca, Flynn. Le alquilaron la casa a Ted MacNamara. Él me dijo que podía quedarme en ella el tiempo que quisiera después del funeral, pero evidentemente sabía que tendría que volver a Londres algún día.

Si su padre hubiera sido el propietario de la casa, al menos tendría algo que vender, pensó Caitlin, pero no tenía esa suerte. Ella era una persona pragmática y sabía que era absurdo llorar por lo que no se podía tener.

Después de pasar la noche dando vueltas en la cama, pensando en la proposición de Flynn, y después de oír a su hija preguntar si iba a ser su papá para siempre, había decidido que la idea de castigarse a sí misma para siempre por privar a Sorcha de su padre era una carga demasiado grande sobre sus hombros.

Por eso había decidido decir que sí.

—Entonces has tomado la decisión correcta —dijo Flynn, levantándose—. Y ya que hablamos del tema, he pensado en eso de que volváis a Londres...

—¿Qué?

—Ya viste lo disgustada que se mostró la niña anoche... así que he pensado ir a Londres contigo para recoger vuestras cosas. No quiero arriesgarme a que cambies de opinión y, sobre todo, no quiero que Sorcha piense que la he abandonado.

Caitlin lo miró, atónita. La sorprendía que Flynn hablase de una forma tan posesiva sobre Sorcha, una niña a la que acababa de conocer. Y la asombraba que le importase tanto como para dejar su trabajo para ir con ellas a Londres y quedarse allí hasta que lo hubieran solucionado todo.

Quizá el cariño que había sospechado guardaba en su corazón estaba empezando a asomar...

—No voy a cambiar de opinión. Ya te he dicho que he tomado una decisión firme. Y no dejaría que Sorcha pensara que la has abandonado. Pero ya que hablamos de esto, debo decirte que la idea de alojarme en Oak Grove no me llena de confianza precisamente. ¿Qué pensará tu familia? Y, sobre todo, ¿qué van a decir cuando conozcan a Sorcha?

—Su opinión no significa nada para mí. El hecho es que Oak Grove es mi casa. Yo vivo allí, ellos no —dijo Flynn, dejando la taza sobre la mesa—. ¿Sorcha está despierta?

–Sí, está jugando fuera.

–¿Te importaría ir a buscarla? Es mejor que nos vayamos cuanto antes. No quiero arriesgarme a otra nevada mientras estamos en la carretera.

Después de eso se dio la vuelta, dejando a Caitlin pensativa. ¿Había tomado la decisión correcta?, se preguntó. ¿O aceptando regresar a Irlanda había firmado su propia condena?

Ella volvió a sacar el tema mientras regresaban a casa y, por fin, convenció a Flynn de que lo mejor sería esperar hasta el día siguiente para hacer la mudanza.

Además de hacer las maletas y separar las cosas de su padre que iba a dar a la parroquia, tenía que limpiar un poco la casa antes de devolverle las llaves al casero.

Pero, sobre todo, necesitaba tiempo para asimilar ese cambio de vida. Aunque sabía que Flynn insistía en que se fueran a vivir a Oak Grove lo antes posible por el bien de Sorcha.

Flynn MacCormac era el tipo de hombre que siempre cumplía con lo que él creía sus obligaciones morales, le gustasen o no.

Caitlin suspiró. Al menos era un hombre de palabra.

Pero, aunque no había querido darle importancia a la opinión de su familia, la verdad era que temía una confrontación con Estelle MacCormac.

El recuerdo de esa conversación en la que intentaba convencer a Flynn de que ella estaba utilizándolo por su propio interés, que intentaba atraparlo quedando embarazada aún le revolvía el estómago.

Al día siguiente la temperatura subió un par de grados y la nieve que había cubierto el paisaje durante días por fin empezó a derretirse. El crujido del hielo sobre el tejado de la casa proveía un ritmo al desayuno de Caitlin y Sorcha.

Pero el agua había calado hasta el techo del cuarto de estar. Caitlin encontró un cubo en la cocina y lo colocó bajo la mancha de humedad. ¿Su padre había vivido así durante todos esos inviernos?, se preguntó. Parecía una señal de que aquella casa no era sitio para la niña. Era como si la humedad y el frío hubieran tomado residencia en sus huesos.

Mirando el reloj, comprobó que tenía media hora antes de que llegase Flynn. En ese tiempo tenía que lavar los platos del desayuno, comprobar si todo estaba limpio y dejar las bolsas con las cosas de su padre en la puerta, donde podría recogerlas el padre O'Brien.

Deteniéndose un momento, tuvo la extraña sensación de que, aceptando mudarse a casa de Flynn, estaba lanzando su destino y el destino de Sorcha a lo desconocido. Y las mariposas que había sentido en el estómago desde que volvió a casa empezaron a molestarla de nuevo.

Al menos en Londres, aunque la vida no era fácil, era una mujer con recursos y tenía fe en su capacidad para solucionar cualquier problema. Convertirse en madre soltera la había hecho más fuerte. Pero allí, en Irlanda, con aquel hombre enigmático que había dado un giro a su vida desde el día que puso los ojos en él, no se sentía así.

Y eso le daba miedo.

Sus viejas maletas parecían fuera de lugar en medio del elegante cuarto de estar de la mansión. Como un árbol de Navidad de plástico al lado de un suntuoso abeto noruego. Desde luego, nunca habían estado en un sitio tan lujoso.

Mientras Sorcha iba de habitación en habitación, Caitlin permaneció de pie, sintiéndose tan fuera de lugar como su equipaje.

—¿No vas a quitarte el abrigo? —preguntó Flynn.

Él llevaba ropa de buena calidad y su físico parecía el de un guerrero celta de las historias antiguas. Y, con su pelo negro brillante y su rostro recién afeitado, tenía los atributos necesarios para robarle el corazón a una chica joven. Como le había robado el suyo a la edad de dieciocho años.

Contemplando la idea de vivir con él, Caitlin no podía negar que se sentía un poco como una fortaleza tomada al asalto.

–Me lo quitaré en un momento –contestó–. La verdad es que tengo frío.

Acercándose a la chimenea, seguramente encendida por el ama de llaves, Caitlin estiró las manos hacia el fuego.

–Es increíble que no hayáis terminado con una neumonía en esa casa. Deberíais haber venido ayer –dijo Flynn.

–Ya te dije que no podía. Aunque he tenido que dejar allí algunas cosas de mi padre. No le servían a nadie... ni siguiera a la parroquia.

–Si quieres quedarte con algunas de ellas, puedo encontrar sitio aquí para guardarlas.

–No son nada importante. Yo no soy muy sentimental con las cosas materiales, pero...

–¿Pero?

–Da igual.

Caitlin estaba más pálida que el día anterior, si eso era posible. Sin duda los acontecimientos estaban empezando a afectarla.

Flynn no quería sentir compasión por ella pero algo, un traidor impulso que no podía contener, anhelaba volver a verla con los ojos brillantes, con la sonrisa en los labios.

Anhelaba a la Caitlin que había conocido cinco años atrás.

Recordándose a sí mismo que ese anhelo podría ser su ruina, Flynn volvió a endurecerse. No podía confiar en las mujeres. Si no lo sabía ya, era un perfecto idiota. La mitología celta estaba llena de ejemplos de las miles de maneras que tenía el sexo femenino de engañar. Y si quería protegerse a sí mismo de una futura traición, no podía bajar la guardia con Caitlin.

—Voy a llevar las maletas a vuestra habitación. Sorcha y tú estaréis muy cómodas allí.

—¿Flynn?

—¿Sí?

—¿Tú sabes lo difícil que es esto para mí?

—¿A qué te refieres?

—No solo mudarme a tu casa, sino estar aquí contigo, sabiendo que me odias. ¿Cómo vamos a hacer feliz a Sorcha si no podemos ser amigos?

Flynn cerró los ojos un momento, angustiado.

—No soy tu enemigo, Caitlin. Y quiero que te sientas cómoda en mi casa. Pero ahora mismo tenemos que pensar en Sorcha antes que en nosotros mismos. Después... bueno, yo no puedo ver el futuro.

Tras tomar las maletas, abrió una puerta que Caitlin sabía era un dormitorio de invitados. A pesar de haberse prometido a sí misma que sería fuerte, la emoción la embargó y sus ojos se llenaron de lágrimas. Flynn parecía tan decidido a mantener la distancia entre ellos que el dolor era inmenso.

Cuando volvió al cuarto de estar, Caitlin había borrado las lágrimas con la manga del jersey, se había quitado el abrigo y se había jurado a sí misma que haría lo que pudiera en aquella situación, aunque sabía que iba a ser difícil.

Se lo debía a su hija.

—Al menos la nieve empieza a derretirse —murmuró.

—Sí —asintió él—. Oye, quería decirte...

En ese momento alguien llamó a la puerta y Flynn se acercó en dos zancadas.

—Bridie —saludó a la mujer que estaba al otro lado—. Entra, por favor. Quiero presentarte a Caitlin... y corriendo por ahí está Sorcha. Seguro que encontrará el camino de vuelta enseguida. Caitlin, te presento al ama de llaves de Oak Grove, Bridie Molloy.

—Encantada de conocerte —sonrió Caitlin, mirando a la mujer de bondadosos ojos castaños. No sabía por qué, pero intuía que en ella tendría una aliada.

La antigua ama de llaves, Peg Donovan, había sido tan aterradora que Caitlin se apartaba cada vez que la veía aparecer por algún pasillo. Flynn solía tomarle el pelo sobre el miedo que le tenía y luego lo empeoraba contándole que, de pequeños, su hermano y él la llamaban «la vieja bruja».

—Me he enterado de la muerte de tu padre. Lo siento, Caitlin. Es muy duro volver a casa para un funeral.

—Sí, lo es.

—¡Mamá! ¡Esta casa es un palacio! ¡Es como esas casas en las que viven los reyes de los cuentos!

Sorcha entró en la habitación a la carrera, con el pelo rubio como un halo alrededor de su carita.

–Ah, ¿y quién es esta jovencita tan guapa? – sonrió el ama de llaves–. Si esto es un palacio, tú debes de ser una princesa.

–Sí, es una princesa –asintió Flynn, con una sonrisa en los labios. Mirándolo, el corazón de Caitlin se animó–. Sorcha, dile hola a Bridie.

–Hola, Bridie –dijo la niña, ofreciéndole solemnemente la mano.

Bridie se puso en cuclillas para mirarla a los ojos.

–Vaya, vaya, así que una princesa, ¿eh? ¡Pues entonces es todo un honor! –la mujer miró a Caitlin y Flynn–. ¿Qué tal si le hago un tour de la casa a Su Alteza? Y cuando lleguemos a la cocina puede que encontremos algunas galletas. ¿Le apetecen unas galletas con limonada, Alteza?

–¡Sí!

Saltando de un pie a otro, Sorcha se marchó alegremente con el ama de llaves.

–Sé buena –le advirtió Caitlin. Luego se volvió hacia Flynn–. Parece una mujer encantadora.

–Después de Peg Donovan, cualquiera sería como un soplo de aire fresco –bromeó Flynn.

–¿Qué fue de ella?

–¿Quieres creer que se enamoró de un sepulturero que vino por aquí de vacaciones?

–¡No!

–Se casó con él y se marchó a vivir a Dublín. Nos quedamos de piedra. Había que ser un hombre con nervios de acero para soportar a la señora

Donovan, pero sin duda el sepulturero estaba acostumbrado a todo tipo de... apariciones.

Caitlin soltó una carcajada. El buen humor de Flynn contándole la historia del inesperado romance de su ama de llaves era contagioso.

Pero los dos dejaron de reír al mismo tiempo y el aire pareció cargarse de algo tan diferente al humor como el día a la noche.

Sintiendo como si hubiera recibido una descarga eléctrica, Caitlin se apartó nerviosamente un mechón de pelo de la cara.

—Antes de que Bridie llamase a la puerta ibas a decirme algo.

Saliendo del trance en el que parecía haber caído, Flynn se pasó una mano por la mandíbula.

—He estado pensando en eso que dijiste sobre tu independencia... y tienes razón, por aquí no hay mucho trabajo. Había pensado que podrías ayudarme con la parte administrativa del mío... de vez en cuando. Te pagaría, naturalmente. Y así no sentirías que yo controlo tu vida. ¿Qué te parece?

Caitlin lo miró, perpleja. No había esperado que le tendiera una rama de olivo.

—¿Lo dices en serio?

—Completamente. Solo tendrás que echar un vistazo a la pila de correspondencia por contestar para saber que necesito ayuda urgente.

—¿Cuándo quieres que empiece? ¿Y qué pasa con Sorcha?

—Tómate un par de días para instalarte y, mientras tanto, yo hablaré con Bridie. Seguro que no le importará cuidar de la niña mientras tú estás trabajando.

–Muy bien –sonrió Caitlin–. Entonces, acepto tu oferta.

Capítulo 7

ERA tarde y Flynn estaba en su estudio, trabajando. O, más bien, intentando trabajar. Considerando que tenía que enviar un libro a la editorial a finales de mes, su concentración dejaba mucho que desear. Pero, en aquel momento, los planes de batalla del jefe del clan celta para reforzar las fortalezas y sus estrategias para proteger los *tuaths* contra los invasores no le resultaban nada atractivos.

Para empezar, ya no estaba solo en su casa como antes. De vez en cuando, durante el día, oía la risa de su hija o la voz de su madre. Sonidos que ni siquiera aquellas gruesas puertas de roble podían ahogar... quizá porque estaba atento. Se había encontrado a sí mismo aguzando el oído más de una vez.

Llevaban dos días viviendo allí y el patrón de silencio y tranquilidad de su ordenada existencia se había roto de forma irrevocable.

Caitlin y Sorcha iban a dar un paseo todos los días por la finca y si Flynn no hubiera sabido de su pasión por el aire fresco, hiciera el tiempo que hiciera, se habría quedado seriamente impresionado por su amor al aire libre.

Esa era una de las cosas que le habían parecido irresistibles de Caitlin: su aprecio por los elementos y su amor y respeto por la naturaleza, que él compartía.

Caitlin y Sorcha pasaban mucho tiempo con Bridie mientras él trabajaba en su libro y Flynn le había pedido al ama de llaves que les llevase la cena a su comedor privado para que no se sintieran incómodas en el comedor formal de la casa.

Había visto el gesto de aprensión de Caitlin la primera noche y no quería que esa tensión afectase a la relación con su hija. En lugar de eso, quería que se diera cuenta de que, a partir de ese momento, aquel era su hogar.

Después de cenar, Flynn pasaba algún tiempo con Sorcha, jugando o leyéndole cuentos antes de irse a la cama. Intentaba no pensar mucho en las esperanzas que había tenido de hacer lo mismo con Danny... esperanzas rotas. Pero ya empezaba a anticipar esas preciosas horas con su hija.

Era después de que Sorcha se fuera a la cama cuando llegaba el momento más incómodo del día. Incluso si decidía volver a su estudio a trabajar hasta la madrugada, como estaba haciendo ahora, tenía que batallar con el hecho de que Caitlin estaría sentada frente a la chimenea, leyendo un libro, con los pies descalzos y el pelo rubio como un halo dorado alrededor de su cara...

Su cuerpo se tensó de forma inconveniente al pensar en eso y tuvo que moverse, incómodo, en la silla.

¿Por qué no podía estar a solas con ella en una habitación? Aunque la respuesta a esa pregunta no era difícil. Su deseo por ella no había disminuido a pesar de todo. Suspirando, Flynn miró sin ver la pantalla del ordenador.

Haría lo que hiciese falta para que Caitlin se diera cuenta de que estaba mejor allí, en Irlanda, con él. No pensaba arriesgarse a perder a Sorcha como había perdido a Danny. Y el atractivo de su antigua vida en Londres pronto desaparecería... estaba seguro de eso. ¿Quién elegiría la penuria frente a la riqueza?

Flynn tendría que conformarse con la idea de que él no iba a ser la atracción principal y daba igual que Caitlin aún no se sintiera muy cómoda en su compañía. Tendría que aprender a acostumbrarse, como él.

Apagando el ordenador al darse cuenta de que no iba a escribir una sola línea esa noche, se levantó. Mientras iba hacia la puerta se dijo a sí mismo que tendría que aprender a controlar su deseo de tocar a Caitlin cada vez que estaba cerca. Esperaba que hubiera decidido irse a la cama temprano...

¡Mentiroso!, le dijo una vocecita interior mientras agarraba el picaporte. Rezaba para que siguiera en ese sillón, leyendo un libro...

—¿Es bueno? Debe de serlo si sigues levantada a estas horas.

Dejando a un lado la interesante historia celta de héroes, retos a muerte y amores perdidos que estaba leyendo, Caitlin miró la alta figura de Flynn, con sus vaqueros y su jersey negro.

Su padre la había acusado muchas veces de tener un pie en este mundo y el otro en el mundo de los sueños y, probablemente, tenía razón. De niña solía buscar hadas y duendes en el bosque y hablaba con amigos imaginarios cuando se sentía sola o asustada. Y también creía que las nubes eran castillos, pájaros, montañas...

Tantas veces había anhelado que ocurriera algo mágico, algo que la apartase del aburrimiento de sus días... Temía incluso entonces que el futuro le deparase una vida similar a la de sus padres; vidas de esfuerzo y trabajo, sin ninguna alegría. Caitlin anhelaba un mundo de magia y amor eternos. Y cuando conoció a Flynn, su corazón se volvió loco porque pensó que lo había encontrado.

Ahora, mientras se acercaba a ella, con sus ojos verdes reflejando la luz roja de las llamas, supo que no podría ocultar el deseo que sentía por él, pero intentó disimular bajando la mirada.

—Es uno de tus libros... espero que no te importe. Lo he tomado de la librería.

—Déjame ver.

Flynn se inclinó al lado del sillón para mirar la portada del libro. Mientras tanto, ella no podía apartar los ojos de su rostro, del pelo negro, de su mandíbula cuadrada. Y tampoco podía ignorar el varonil aroma de su piel...

—¿Qué historia estás leyendo, la de Deirdre y Naoise? ¿Te gustan las mujeres malvadas que hacen hechizos para escaparse con jóvenes inocentes?

—Naoise era un guerrero... un campeón. No era nada inocente.

—Sí, es posible. Pero, evidentemente, te siguen gustando las antiguas historias.

—Son mágicas y tienen un propósito. Hay una gran sabiduría en ellas y pueden enseñarnos mucho sobre la vida. Siempre me han gustado, ya lo sabes.

No podía evitar pensar en Flynn cuando leía la historia del guapo guerrero con el que la doncella Deirdre se había escapado. También él tenía el pelo negro como ala de cuervo y también era extraordinariamente guapo. O eso decía la historia...

Flynn le devolvió el libro, pero en lugar de apartarse, como Caitlin había esperado, se quedó exactamente donde estaba. Las llamas naranjas y azules de la chimenea ejercían sobre sus ojos el mismo efecto que la luz del sol en un lago azul verdoso. Y ella se sintió atrapada en algo que parecía un hechizo.

Casi como a cámara lenta, Flynn puso una mano en su nuca, empujando su cabeza hacia delante...

El primer roce de sus labios fue como el terciopelo. Abrumada, aliviada, hambrienta de algo que no había sabido que deseaba, Caitlin dejó escapar un gemido. La mano de Flynn la sujetaba para beber de la fuente de sus labios y saciar su sed.

Si había olvidado cómo sabía el paraíso, lo recordó ahora. Un salvaje temblor la recorrió de arriba abajo por el placer que él le encendía, un placer profundo que la derretía como el sol derretía la nieve. Luego, Flynn movió la mano para deslizarla por su espalda y, sin saber cómo, se encontró tumbada en la alfombra, a su lado. Él acariciaba sus pechos por encima de la camisa, empujando sus caderas para que sintiera su creciente deseo...

Sus labios eran como imanes, atizando las brasas de un fuego que no se había apagado en todos esos años. Dejando escapar un gemido de angustia, Caitlin lo miró, con una pregunta en sus ojos azules.

–¿Qué? –murmuró él, impaciente por volver a besarla.

–¿Qué estamos haciendo, Flynn?

–¿No lo sabes? –él levantó una ceja, burlón.

Caitlin sintió un escalofrío que tuvo el efecto de atemperar su pasión. Aquello no era amor... y lo sabía.

Apartarse ahora podría romperle el corazón otra vez, pero aquellas caricias tenían muy poco que ver con el afecto o el respeto. En la ardiente demanda de Flynn no había nada de eso; parecía querer vengarse por lo que veía como un rechazo de lo que hubo entre ellos una vez. Aquello era pura y simplemente sexo... una primitiva necesidad que los quemaría a los dos, pero dejaría a Caitlin sintiéndose usada y vacía.

Ella sacrificaría mucho por su hija, pero no entregaría su cuerpo a un hombre que ni la amaba ni la respetaba. Por mucho que lo desease. De modo que, apartándose, se levantó.

–No... no sé en qué estaba pensando. Esto no puede pasar, Flynn. Tenemos que establecer ciertas reglas sobre... este tipo de situación mientras vivamos juntos.

–¿Reglas?

Caitlin vio una irónica sonrisa en los labios que poco antes la habían devorado. Flynn se levantó, su frustración era evidente.

–¡Tú lo deseabas tanto como yo!

–El deseo no significa nada sin amor –replicó ella.

–¿Tú me hablas de amor cuando me dejaste como si mi amor no significase nada para ti? ¡Amor! –Flynn repitió esa palabra con desprecio.

—Te has vuelto tan amargado... ¿soy yo la responsable de eso?

—¿Tú qué crees?

La mirada de Flynn le heló la sangre en las venas y Caitlin, nerviosa, se tocó el pelo antes de volverse para ocultar su dolor.

—Te conté que me había marchado de aquí porque nuestras familias no aprobaban que saliéramos juntos y por las peleas que tenía con mi padre... y es verdad. Pero había algo más.

Él la miró, sorprendido.

—¿Qué?

—¿Habría dejado a un hombre en el que confiase de verdad? —preguntó Caitlin entonces—. Mi padre endureció su corazón tras la muerte de mi madre y, a partir de entonces, se convirtió en un extraño. Probablemente lo hizo de forma inconsciente, para protegerse, pero me dolió muchísimo. Y luego te conocí a ti... y tú hiciste lo mismo.

—Eso no es cierto, Caitlin.

—Sí lo es. Eras amable conmigo, sí, y querías estar conmigo. Dejabas eso bien claro con tu cuerpo, con tus ojos. Pero nunca me dejaste ver al hombre que eras de verdad...

—¿Cómo que no?

—Había una gran distancia entre nosotros, Flynn. ¡Y te desafío a que lo niegues! ¿Cómo iba a decirte lo que había en mi corazón y mucho menos que estaba embarazada cuando tú no me revelabas absolutamente nada sobre ti mismo? Sigo sin saber lo que te duele y lo que no te duele, lo que sueñas, lo que temes... no sé nada de ti. A lo mejor puedes decirme algo... cualquier cosa que me dé una pista de quién eres.

Una luz brilló en los ojos de Flynn MacCormac, pero sus labios permanecieron sellados. Caitlin, sin embargo, sabía que a veces los secretos no se revelaban con palabras sino con el silencio. Sentía el poder de ese silencio ahora y por eso esperó, sin aliento.

–Esta no es la primera vez que creo ser el padre de un niño –dijo él por fin.

Ella lo miró, sorprendida. Intentaba mantenerse serena, pero los latidos de su corazón eran como cañonazos.

–No te entiendo.

–Te dije que ya había estado casado antes y que el matrimonio acabó en divorcio –siguió Flynn, pasándose una mano por el pelo–. Isabel, mi mujer, tuvo un niño, un niño al que llamamos Danny. Durante seis meses pensé que era mi hijo... hasta que ella me confesó que era hijo de otro hombre.

–Dios mío...

–Había tenido una aventura con otro hombre y Danny era el resultado.

–¿Pero cómo sabía ella...?

–Había hecho una prueba de ADN para comprobarlo porque su amante insistió. Isabel estaba enamorada de él, no de mí. Durante seis meses me hizo creer que aquel niño era mi hijo... hasta que finalmente su amante le dio un ultimátum: tenía que elegir entre los dos. Pues bien, ella eligió a su amante y se llevó a Danny. Eso es todo. Fin de la historia.

Dándose la vuelta, Flynn apoyó las manos en la chimenea de mármol.

–Pero ese no es el fin de la historia, ¿verdad? –murmuró Caitlin–. Te sigue doliendo en el alma lo que pasó. Echas de menos a tu hijo. Dios mío... si me hubieras contado esto antes...

–¿Te habrías quedado conmigo por compasión?

–No por compasión, Flynn. Aunque cualquier ser humano la sentiría en una situación así. Estoy hablando de intimidad, de confianza. De saber que tus secretos están a salvo conmigo y los míos contigo.

–Lo que me pasó no es algo que uno olvide en unos días. Y luego tú te fuiste sin decirme una palabra... –Flynn se dio la vuelta, apretando los dientes como si recordar tal traición fuera demasiado para él–. Te dejo para que disfrutes en paz de tu libro. Buenas noches. Nos veremos mañana.

Caitlin sabía que no tendría sentido ir tras él. No ahora, cuando lo único que quería era estar solo para lamerse las heridas en privado. Pero lo que le había contado era una revelación que explicaba muchas cosas sobre su carácter retraído y supo que era importante.

Demasiado inquieta para dormir, decidió quedarse leyendo un rato más, pero su cabeza no estaba en las páginas que tenía delante. Estaba en Flynn, en el niño que su exmujer se había llevado y a quien él parecía haber querido tanto...

Después de eso, ¿habría sitio en su maltrecho corazón para Sorcha?

¿Lo habría para ella?

Capítulo 8

H E ESTADO pensando una cosa –anunció Flynn a la mañana siguiente, mientras desayunaban juntos en su comedor privado.

–¿Puedo bajar a la habitación, mami? –preguntó Sorcha.

Caitlin sabía que estaba deseando jugar con las muñecas que Bridie le había llevado el día anterior, que una vez habían sido de su hija.

–Sí, claro –asintió, inclinándose para limpiar con la servilleta una mancha de mermelada que la niña tenía en los labios–. Pero antes de jugar, dile a Bridie que te ayude a lavarte los dientes. Voy a comprobar si lo has hecho, que conste.

–Bueno, sí.

La expresión de Sorcha dejaba bien claro lo que pensaba de una tarea tan aburrida, aunque necesaria, y Flynn no pudo evitar una sonrisa.

–Será mejor que hagas lo que dice tu madre – murmuró, acariciando el pelito de su hija–. No querrás acabar desdentada como la bruja del cuento de anoche, ¿verdad?

Sorcha bajó de la silla y se puso las manos en las caderas, indignada.

–¡Yo no voy a ser una vieja bruja! Soy una princesa y las princesas siempre son guapas. Qué bobo eres, papá.

Y luego desapareció a la carrera, sin saber que había dejado a Flynn de una pieza.

–¡Juraría que es una mujer de sesenta años en el cuerpo de una niña!

Caitlin sonrió. Sorcha lo había llamado «papá» por primera vez.

Recordando lo que Flynn le había revelado por la noche, esperaba que su sonrisa ocultara la emoción que sentía en aquel momento.

–Estabas diciendo que habías pensado algo...

–¿Qué? –Flynn, con un nudo en la garganta, carraspeó–. Ah, sí, se me ocurrieron un par de cosas después de hablar contigo anoche.

Sus ojos se encontraron entonces, sorprendidos, emocionados, como si ninguno de los dos pudiera apartar la mirada. Pero Caitlin, haciendo un esfuerzo, volvió a concentrarse en su taza de café.

Estaba excepcionalmente guapa aquella mañana, pensó Flynn, un factor que despertaba en él un deseo difícil de controlar. Pensando en la noche anterior, recordó entonces que, además de hablar, había ocurrido algo más...

El jersey rosa que llevaba se ajustaba a sus pechos, invitando sin saberlo a su mirada. Con una cara que cualquier hombre encontraría encantadora a su lado por la mañana, Caitlin tenía además el cuerpo de una sirena. La combinación era embriagadora. Y la maternidad había aumentado esos atributos.

Aunque le había jurado que no había tenido relaciones con otros hombres durante los últimos cuatro años, Flynn se preguntó si alguna vez se habría sentido sola en Londres. No sería humana si no fuera así, pero lo mataba imaginarla con otro hombre.

Y después de su inesperada confesión de la noche anterior, se sentía particularmente vulnerable.

–Lo primero de todo, tenemos que hablar sobre el viaje a Londres.

–Nos vamos el sábado, ya te lo dije. ¿Sigues pensando venir con nosotras?

–Sí, claro. Pero no podemos irnos este sábado, de eso quería hablarte. Tenemos que posponer el viaje al menos dos semanas.

–¿Dos semanas? ¿Por qué?

–Porque tengo tanto trabajo que no puedo marcharme ahora...

–¿Y por qué no voy yo sola con Sorcha?

–No.

–¿Cómo que no? –replicó Caitlin.

Flynn pensó que su actitud debía de parecerle inflexible. Pero él tenía sus razones para no querer que fueran a Londres sin él y, en su opinión, eran razones sensatas.

–No vas a llevarte a mi hija.

–¡Sé razonable, Flynn! Tenemos que volver a casa el sábado. No puedo cambiar los billetes y tengo que ir a la librería para hablar con mi jefe... Tengo que avisarlo con quince días de antelación, como en cualquier otro trabajo.

–No necesitas el permiso de nadie para dejar de trabajar y no tienes que avisar con tiempo –replicó él–. No hace falta. Diles que tienes que marcharte por razones personales. De hecho, ahora que lo pienso, podrías hacerlo por teléfono.

Caitlin lo miró, atónita.

–¿Por teléfono? ¿Y mi tía?

–¿Qué pasa con ella?

–¡Que nos espera en casa! ¿Qué voy a decirle?

–Dile que, a partir de ahora, yo voy a cuidar de ti y de Sorcha.

–¡Yo no soy una niña pequeña, no necesito que nadie cuide de mí!

–Piénsalo... te vendría bien un descanso tras la muerte de tu padre –dijo Flynn entonces, intentando calmarla–. Supongo que tu tía lo entenderá. ¿Por qué tanta urgencia por volver a Londres? Solo tienes que decir en la librería que ya no vas a trabajar allí y guardar algunas cosas en la maleta. Aparte de eso, eres libre.

–¿Libre? ¡Qué manera tan extraña de sentirse libre! Como si no hubiera nada que me atase a un sitio en el que he vivido durante más de cuatro años. No sé si echaré de menos Londres, pero a mi tía te aseguro que sí. Es mi mejor amiga. Hemos pasado mucho juntas.

Ese comentario lo perturbó. Caitlin había tenido una hija sola, sin un padre que la apoyase emocional o económicamente. Él debería haber estado a su lado. Y de haber podido, lo habría hecho.

—Nosotros también fuimos amigos, una vez —dijo con voz ronca—. ¿Te acuerdas, Caitlin?

—Sí, me acuerdo.

—Entonces, ¿está decidido? ¿Podemos posponer el viaje a Londres?

Ella lo pensó un momento.

—Si no hay ninguna otra posibilidad... pero si estás muy agobiado con tu trabajo, deberías dejar que te ayudase. Podríamos empezar hoy mismo.

De nuevo, Caitlin lo sorprendió. Estaba seguro de que posponer el viaje a Londres durante unas semanas iba a convertirse en una discusión interminable pero, en lugar de eso, ella había aceptado sin protestar.

¿Por qué? ¿Sería por lo que le había revelado la noche anterior? Flynn odiaba la idea de que sintiera compasión por él.

—¿Por qué no? Hablaré con Bridie para que se quede con la niña un rato. Pero hay una cosa más...

Caitlin, que estaba retirando las tazas del desayuno, se detuvo.

—¿Qué?

—He estado pensando que Sorcha y tú estaríais mejor en el apartamento del ala este, en lugar de aquí conmigo. Así tendríais vuestro propio espacio. ¿Qué te parece?

Caitlin apretó los labios. ¿Quería apartarse de ella? ¿Estaba intentando poner distancia entre los dos después de lo que había ocurrido por la noche?

–Me parece buena idea –dijo, en cambio.

–Además quería preguntarte si sabes conducir. Recuerdo que no sabías cuando vivías aquí...

–Sigo sin saber conducir. En Londres no me hacía falta porque usaba el transporte público.

–Entonces podrías ir a la autoescuela del pueblo. Te compraré un coche y así podrás tener toda la libertad que quieras. Quizá vivir conmigo no será tan difícil para ti de esa manera. ¿Te parece bien?

Estaba siendo generoso y comprensivo, a pesar de reconocer que vivir con él debía de resultarle difícil, y Caitlin no pensaba protestar. Tener su propio apartamento en una casa tan grande era lo mejor para todos, se dijo.

Aunque el hielo se había roto un poco cuando le contó la historia de Danny...

Pero se le ocurrió pensar que quizá no era un gesto generoso. Quizá Sorcha lo molestaba durante el día mientras trabajaba en su estudio.

En fin, parecía claro que Flynn estaba dispuesto a pasar tiempo con la niña, pero en cuanto a ella no tenía intención de bajar la guardia.

–Es una oferta muy amable. Gracias.

Antes de que Flynn pudiera decir algo más, Caitlin se volvió para ir a buscar a su hija.

El apartamento del ala este era precioso. Con sus barnizados suelos de madera, sus altos techos y grandes ventanales, resultaba muy alegre. Y había suficiente espacio como para albergar a una familia grande o dos pequeñas.

En cualquier caso, Caitlin no estaba acostumbrada a tener tanto espacio para sí misma... y tan lujoso.

Una vez deshechas las maletas, se encontró a sí misma anhelando algunas de las cosas personales que había dejado en Londres. No tenía grandes posesiones materiales, pero le gustaría recuperar sus fotografías, sus libros y su colección de CD's. En fin... al menos en aquel apartamento había casi de todo.

Inquieta de repente, Caitlin se acercó a la ventana, desde la que podía ver a Flynn y Sorcha con los caballos. Un agujero en el estómago parecía haber reemplazado al previo optimismo que había sentido unos minutos antes, convencida de que Flynn estaba empezando a abrirse un poco.

Quizá debería haber rechazado la oferta de vivir en apartamentos separados.

¿Y si su aceptación le confirmaba que no quería saber nada de él? Eso no serviría de nada. Estaba claro que Flynn seguía sufriendo por haber perdido a ese niño que creía su hijo, y que ella hubiese aparecido con Sorcha después de tantos años debía de haber reabierto la herida. ¿Cómo podía hacerle ver que quería ayudarlo?

Pero, al menos, padre e hija parecían entenderse bien. Debería sentirse aliviada de que Flynn no hubiera rechazado a la niña después de lo que le pasó...

De nuevo, Caitlin se sintió culpable. ¿Y si haberse marchado sin darle una explicación se convertía en una condena? ¿Y si aquel acto impetuoso y juvenil la impedía ser feliz para siempre?

Enfadada consigo misma por dejarse llevar por esos pensamientos, decidió llamar a su tía. Aparte de buscar consuelo en ella, necesitaba contarle que no volverían a Londres hasta unas semanas después. Y también tenía que llamar a la librería para decirle a su jefe que podía rescindir su contrato.

Caitlin oyó un golpecito en la puerta. Se había quedado dormida mientras leía un libro tumbada en el lujoso sofá y se incorporó de un salto, intentando arreglarse un poco el pelo.

–¡Flynn!

–Venía a ver si te habías instalado. Bridie se ha llevado a Sorcha al pueblo, ¿te parece bien?

–Sí, pero...

–¿Puedo pasar? –sin esperar respuesta, Flynn entró en la habitación.

Caitlin lo miró, atónita.

–¿Qué ocurre?

–Verás, he estado pensando... me gustaría que me hablases del nacimiento de Sorcha –dijo él entonces, en sus ojos brillaban tantas tonalidades de verde que, por un momento, Caitlin se quedó sin palabras.

–¿Qué?

–Tengo que saberlo. Me estaba preguntando...

–¿Por qué no te sientas? –lo interrumpió ella–. Puedo contarte lo que quieras. ¿Por dónde quieres que empiece?

Flynn tragó saliva.

–¿Cómo fue tu embarazo?

–Los primeros tres meses fueron los peores. Me mareaba mucho y tenía náuseas. Pero después de eso... no sé, experimentaba una increíble sensación de bienestar. Como si la Madre Naturaleza estuviera cuidando de mí.

Se puso colorada al decirlo, no sabía por qué, pero Flynn la miraba como si su vida dependiera de cada una de sus palabras.

–Las últimas seis semanas fueron muy duras... me costaba trabajo moverme, ya te puedes imaginar. Solía echarme la siesta siempre que tenía oportunidad, pero me sentía lenta y pesada. Y agotada. Mi tía Marie fue maravillosa conmigo. Me animaba a descansar siempre que me veía mal.

–¿Y el parto? ¿Qué pasó ese día?

–Me desperté por la mañana con dolores –suspiró Caitlin–. Y supe enseguida que estaba de parto porque ya había salido de cuentas una semana antes. Mi tía llamó a una ambulancia y me llevaron al hospital enseguida. Pero estuve de parto durante un día y medio...

–¡Un día y medio!

–Sí, fue horrible. Hubo complicaciones y... hasta hablaron de hacerme la cesárea. Pero yo sabía que todo iba a salir bien, no sé cómo. Fe ciega, supongo. Y al final, así fue. Sorcha tenía unos buenos pulmones, te lo aseguro. Debería haber sabido entonces que esa niña iba a tener mucho que decir.

A Flynn se le encogió el corazón al pensar en Caitlin de parto durante tanto tiempo. Un día y medio, había dicho. Sola.

Cuando volvió a verla quiso vengarse por lo que le había hecho, pero oyéndola hablar de lo duro que había sido el parto de Sorcha... algo que hasta entonces había sido una cuestión abstracta, que no le concernía, de repente se convertía en una cuestión personal, íntima. Un momento que, de alguna forma, les pertenecía a los dos.

Y sabía que no podría soportar la idea de que Sorcha o Caitlin sufrieran.

–Y luego, cuando te llevaron a casa... ¿qué pasó? Danny solía... –Flynn no terminó la frase. Era un pensamiento que había aparecido en su cabeza sin que se diera cuenta y lo ponía enfermo.

–¿Danny qué, Flynn? –preguntó ella–. ¿Dormía mal? ¿Tenías que levantarte a menudo por la noche?

Él se pasó una mano por el pelo, suspirando.

–Muchas veces, sí. Isabel se quejaba de tener que levantarse a medianoche, así que lo hacía yo. Y no me importaba, al contrario. Era una oportunidad para estar a solas con mi hijo.

Sin creer que estuviera contándole eso, Flynn tragó saliva.

–Supongo que ese niño significaba mucho para ti.

–Bueno, vamos a concentrarnos en Sorcha, será lo mejor. Cuéntame algo más sobre la niña.

Sabía que Caitlin quería animarlo a hablar de ese otro niño, pero Flynn ya había hablado demasiado. Era de su hija, la niña que estaba metiéndose en su corazón día a día, de la que tenían que hablar.

Apoyándose en el respaldo del sofá, Caitlin sonrió. Y esa sonrisa fue como un rayo de sol apareciendo entre las nubes.

–Era adorable. Siempre estaba contenta y dormía horas y horas, así que no me dio muchos problemas. Afortunadamente, porque de ese modo pude empezar a trabajar en la librería. Era una niña buenísima.

–Y, por lo que veo, además de trabajar has sido una madre estupenda, Caitlin. Sorcha es una niña maravillosa.

–Gracias. Sé que no soy una madre perfecta, pero hago lo que puedo.

–Ya me imagino.

–¿Quieres saber alguna otra cosa?

Flynn sonrió.

–No, creo que por el momento está bien.

Capítulo 9

EN ESE momento, Caitlin empezó a disfrutar de una sensación de paz. Era una sensación nueva desde que volvió a Irlanda y quería saborearla. La sonrisa de Flynn la había pillado por sorpresa. Tanto que, al verla, sintió que algo se derretía en su interior.

Pero, al encontrarlo tan conciliador, decidió que quería algunas respuestas. Repuestas a cuestiones que podría no haber querido contestar un día antes...

—Tu exmujer... Isabel...

—¿Qué quieres saber?

—Nunca me hablaste mucho de ella. Solo sé que las cosas no funcionaron entre vosotros.

—A nadie le gusta contar que ha hecho el ridículo o que otra persona lo ha engañado. Aunque no toda la culpa fue de Isabel, debo reconocerlo. Yo fui un tonto creyendo que podría convertir una farsa de matrimonio en una relación sincera... aunque enseguida me di cuenta de que estaba tomando lo que era una simple atracción física por algo más importante.

–¿Y por qué te casaste con ella?

La pregunta salió de sus labios antes de que Caitlin tuviera tiempo de pensar. Cuando alguien estaba muy dolido por algo, quizá la mejor manera de ayudar no era obligándole a dar una explicación. Pero, a pesar de eso, Flynn no vaciló en contestar:

–Una temporal falta de sensatez. Lo hice empujado por la presión de mi familia. Me convencieron de que todo saldría bien al final porque ella era del mismo estrato social que mi familia, era guapa, educada...

–¿Y ese amante suyo? ¿La aventura empezó después de que os hubierais casado?

–No, antes.

–¿Y tú no lo sabías?

Flynn se movió, incómodo, en el sofá.

–La verdad es que me alegraba de que no pasara mucho tiempo en casa. Isabel tenía muchos amigos y siempre estaba viajando de un sitio a otro, de compras... y hasta el día que me dijo que estaba embarazada no me importaba en absoluto.

–¿Pero te hizo ilusión saber que ibas a ser padre?

–Sí, mucha ilusión.

–Oh, Flynn... debió de ser terrible para ti descubrir la verdad.

–¿Que Danny no era hijo mío? «Terrible» no explica lo que sentí ese día –suspiró él–. En fin, estoy cansado de hablar. ¿Te importa?

–No, no... pero... ¿nunca has vuelto a verlo? – preguntó Caitlin.

–Isabel y su amante se marcharon a vivir a Italia. Aparentemente, él tenía familia allí y le ofrecieron un buen trabajo. Isabel y yo acordamos que lo mejor sería no seguir en contacto... ella quería que Danny se encariñase con su verdadero padre.

–Qué horror. Supongo que eso te rompió el corazón.

Flynn no se movió, no dijo nada.

Todo en aquel indomable rostro denotaba gran fuerza mental, pasión y propósito, pero Caitlin empezaba a entender que lo había juzgado mal. O, más bien, que lo había juzgado sin conocerlo porque él no se había dejado conocer. Pensaba que era incapaz de amar a nadie, pero ahora veía que era al contrario. Apenas podía hablar de la pérdida de ese niño porque eso le había roto el corazón. Y era tan difícil remendar un corazón roto...

Nunca olvidaría a Danny y llevaría esa herida con él durante años, para siempre quizá.

–Pero fuiste su padre durante unos meses, Flynn –murmuró, tomando su mano–. Una parte del espíritu de ese niño siempre sabrá que hubo otra persona en su vida. Una parte de él sabrá que había otro hombre que lo quiso mucho y eso lo ayudará a amar cuando sea mayor. Ese es tu legado para Danny.

—Un niño que crecerá sin mí —dijo él, con amargura.

—El amor no muere nunca —sonrió Caitlin—. Es una fuerza de la naturaleza... es lo que mueve el mundo.

Flynn tomó su mano y la besó tiernamente. Su boca era cálida, embriagadora, un poema de ternura y pasión. Y Caitlin sintió que su deseo por él rompía todas las barreras.

—Nadie más que tú podría decir algo así... nadie más que tú podría entenderlo —murmuró él, con voz ronca.

—Lo digo en serio, Flynn. Me gustaría...

—¿Qué?

—Quiero mostrarte, decirte...

Flynn apartó un mechón de pelo rubio de su frente, con sus ojos verdes clavados en ella.

—¿Crees que yo intentaría detenerte?

La habitación quedó en completo silencio. El aire estaba tan cargado de tensión sexual que un movimiento, un gesto, podría dar al traste con todo.

—¿Sabes que me moriría si pudiera tocarte ahora mismo como deseo hacerlo, Caitlin?

Ella abrió sus ojos azules... y era como si un sublime océano de sentimientos residiera en cada uno de ellos.

Los antiguos celtas creían que en el acto de mirar profundamente a los ojos del amante, en el acto de amar, tu espíritu habitaba el cuerpo de la otra persona. Eso reforzaba el antiguo y sagrado círculo de las almas gemelas, las almas que se reconocían como iguales.

Mirando los ojos de Caitlin, Flynn recordó lo que había sentido el primer día, cuando se encontraron. Porque supo entonces que su camino estaría irrevocablemente unido al de Caitlin.

Había sugerido que se mudara al ala este de la casa para que tuviera más espacio, para que pudiese llorar la muerte de su padre sin testigos y decidir si quería de verdad vivir en Oak Grove con él.

Pero la verdad era que tenía que hacer un esfuerzo sobrehumano para contenerse y ninguna distancia era suficiente para evitar el abrumador anhelo que sentía por ella. Todo su cuerpo estaba consumido por el frustrante deseo de tocarla...

—Yo siento lo mismo.

Flynn sonrió.

—Entonces, deja que te lleve a la cama.

En aquella ordenada habitación, tan masculina, donde nada interrumpía la perfecta simetría de colores neutros, Caitlin se dio cuenta de que sus salvajes emociones eran todo lo contrario. Porque ahora, rodeando el cuello de Flynn con los brazos, supo que estaba exactamente donde quería estar. Donde debía estar.

Experimentaba una alegría increíble al deslizar

las manos por la piel de seda de aquella espalda ancha, aquellos bíceps... sintiendo aquella boca bien definida sobre la suya, como la de un hombre hambriento.

Y cuando esos voraces labios volvieron su atención hacia sus pechos, los gemidos apasionados de Caitlin atravesaron el silencio como algo salvaje de repente liberado de su prisión.

¿Cómo había sobrevivido esos cuatro años sin la intimidad con aquel hombre? Aparte de la presencia de Sorcha para animarla, los días habían sido como una prisión, porque el espíritu de Flynn había estado con ella todo el tiempo...

—Me siento como si estuviéramos haciendo esto por primera vez —admitió en voz baja, su voz era un suspiro cuando por fin se permitió a sí misma la libertad de apartar un mechón rebelde de su frente—. Te he echado mucho de menos, Flynn. Deseaba tocarte, besarte...

—¿Y sabes cuánto he deseado hacerlo yo? —respondió él, con la voz cargada de pasión.

—Yo no quería hacerte daño, Flynn.

Él la miró a los ojos durante unos segundos, tan serio que Caitlin temió que cambiase de opinión, que el recuerdo del pasado lo hiciera darse la vuelta.

Pero no fue así. Al contrario, buscó su boca con tal pasión que sus dientes y sus labios chocaron.

—Necesito esto... necesito esto y me moriré si no lo tengo ahora mismo. Pero no podemos ser insensatos... –murmuró Flynn, cuando por fin pudo apartarse.

–No pasa nada. Tomo la píldora.

Para que no creyese que lo hacía porque se acostaba con otros hombres, Caitlin le explicó que había empezado a tomarla para evitar los dolores de la regla pero, aliviada, comprobó que no había dudas en sus ojos.

Y, con los salvajes latidos de su corazón evitando que siguiera pensando en ello, sintió que las manos de Flynn se deslizaban por su trasero, empujando sus caderas hacia él.

Su incontenible deseo llenó un espacio vacío durante cuatro años. Cuando la tomó, con una fuerte embestida, todo dentro de ella pareció colocarse en su sitio.

Siempre había sido así. Las primeras caricias siempre habían despertado esa respuesta, esa elemental explosión de deseo... y luego, cuando el deseo hubiera sido saciado, llegaría el tierno y satisfactorio letargo del amor.

Mientras la profunda mirada de Flynn poseía a Caitlin con la misma fiereza que su cuerpo, ella no era capaz de contener la oleada de sentimientos que parecía anegar su interior. Y, al final, gritó su nombre con un gozo indescriptible cuando llegó al clímax.

Sus gemidos de satisfacción pronto se convirtieron en lágrimas de alegría y congoja.

¿Por qué lo había dejado escapar cuando debería haberse aferrado a él con su vida? ¿Por qué no había sido más fuerte? ¿Por qué no había intentado que Flynn le abriera su corazón cuatro años antes?

–Tranquila... no pasa nada.

Secando sus lágrimas con los labios, Flynn empujó con fuerza por última vez y, por fin, cayó sobre ella, con respiración agitada y la frente cubierta de sudor.

Mientras los eróticos aromas de su piel se mezclaban y la frágil luz de invierno se colaba por las ventanas, Caitlin envolvió los brazos alrededor de su amante. En lugar de pensar en el pasado, recordaría aquellos preciosos momentos como un regalo. Y nadie podría arrebatárselos.

Apartándose un poco, Flynn la apretó contra su pecho como si fuera una parte de sí mismo... una parte que hubiera perdido durante mucho tiempo y encontrado por fin.

Recordando la conversación de antes, cuando le había preguntado por su exmujer y su hijo, Flynn pensó que debería haber confiado en Caitlin cuando se conocieron, debería haberle contado la verdad sobre su vida. Quizá de haberlo hecho se habría quedado y él no habría pasado cuatro años resentido y amargado, culpando a su padre y al mundo entero por su tristeza.

Empezaba a entender que él había tenido parte de culpa en todo aquello. Había sido muy rápido culpándola a ella, que solo tenía dieciocho años entonces, en lugar de mirar hacia dentro. Pero la realidad era que había dejado que la crueldad de su exmujer lo convirtiese en un amargado, un hombre que sospechaba de cualquiera que quisiera acercarse a él.

Era lógico que Caitlin hubiese temido confiarle la noticia de que estaba embarazada.

Flynn acarició tiernamente su pelo.

–¿Por qué no intentas dormir un rato? –sugirió–. Yo voy a ver si Sorcha y Bridie han vuelto.

–Prometí ayudarte con tu trabajo, ¿recuerdas?

–El trabajo puede esperar.

–¿Estás seguro?

–Por supuesto.

–En ese caso, voy a echarme una siestecita... si prometes quedarte un rato conmigo –murmuró Caitlin, intentando no cerrar los ojos.

Unos minutos después, Flynn la oyó respirar rítmicamente y supo que estaba profundamente dormida.

Mirando el alto techo, exhaló el suspiro más largo de su vida. Si no fuera porque estaba esperando el regreso de su hija, solo una catástrofe natural lo apartaría de esa cama. Se sentía inmensamente feliz de tener a aquella mujer en sus brazos otra vez.

Estar a su lado, con su aterciopelado interior envolviéndolo, disfrutar de la erótica sensación de tener sus piernas enredadas en su cintura en apasionada rendición, había sido la culminación de un sueño. La había echado de menos más de lo que podría decir.

Y mientras le acariciaba la espalda en tanto ella dormía, el roce de su piel de nuevo instigando su deseo, Flynn luchó por contenerse. Pero al pasar la mano sobre sus caderas se encontró a sí mismo deseando despertarla para hacer el amor otra vez... al menos una vez más antes de ir a buscar a Sorcha y a Bridie.

Mucho más tarde, después de dejar a Flynn en su estudio haciendo una llamada, Caitlin siguió a su hija por la escalera, vigilando de cerca para que la niña no tropezase mientras iba saltando de escalón en escalón. Iban hacia la cocina, donde Bridie había prometido hacer bollos con Sorcha para que ella pudiera ayudar a Flynn en su trabajo.

El tiempo había mejorado tanto que incluso algún rayo de sol había aparecido tímidamente entre las nubes y la nieve empezaba a desaparecer, dejando en su lugar un paisaje verde brillante.

Caitlin, quizá influida por todo eso, notaba que la esperanza empezaba a renacer en ella desde que había hecho el amor con Flynn y se sentía más alegre que nunca.

Pero cuando llegaron al pie de la escalera, una figura apareció al final del pasillo, una figura familiar que la dejó inmóvil.

Era Estelle MacCormac, la madre de Flynn. A

pesar del horror que le producía aquella mujer, intentó seguir sonriendo. ¿Por qué no le había avisado Flynn de la llegada de Estelle? Al menos así se habría preparado para la confrontación.

La mujer era el epítome de la elegancia, con un abrigo negro de impecable corte, un traje verde esmeralda y un collar de perlas al cuello. Inmediatamente consciente de su informal atuendo, como siempre jersey y vaqueros, Caitlin sintió que se le aceleraba el corazón.

La mirada crítica de Estelle pareció helarse al verlas. E inmediatamente protectora, Caitlin puso las manos sobre los hombros de la niña.

–Hola, señora MacCormac –se obligó a decir, amablemente–. Hace mucho tiempo que no nos veíamos.

–Desde luego que sí, señorita Burns –la otra mujer estaba quitándose los guantes–. ¿Flynn está por aquí? Le dije a Bridie que lo avisara de mi llegada. Pero supongo que estaba ocupado cuando llamé por teléfono.

Parecía implicar que Caitlin tenía algo que ver con eso, claro, y ella se puso colorada.

–Voy a decirle que está aquí.

–No, espere. Creo que aprovecharé esta oportunidad para hablar un momento con usted, si no le importa.

–Muy bien –Caitlin se encogió de hombros. Tarde o temprano tendrían que enfrentarse, pensó.

Estelle miró a Sorcha entonces.

–¿Es su hija?

–Sí.

–Tiene unos ojos muy bonitos. Hola, querida –Estelle se inclinó para saludar a la niña, pero Sorcha se apartó–. Veo que es tímida.

–A veces lo es, con los extraños –murmuró Caitlin.

–¿Por qué no vamos al cuarto de estar? Seguro que Bridie ha encendido la chimenea.

Desconfiando de su tono amable, Caitlin intentó prepararse mentalmente para la conversación.

–¿Dónde está Bridie? –preguntó la niña.

Antes de que ella pudiera detenerla, Sorcha se apartó y corrió por el pasillo en dirección a la cocina. Aliviada porque no quería que su hija presenciase la escena, Caitlin se pasó los dedos por el pelo.

–Bridie había prometido hacer bollos con ella.

Sin pedirle que la siguiera, pero de alguna forma dándole a entender que debía hacerlo, Estelle entró en el cuarto de estar. La chimenea estaba encendida, como había imaginado, y el brillante sol de invierno que entraba por las ventanas caía sobre la alfombra persa y los hermosos y brillantes muebles.

Pero Caitlin volvió su atención hacia la mujer que se había sentado en uno de los sillones.

–No sé si lo sabe, pero la relación entre mi hijo y yo... es un poco difícil desde que usted se marchó, señorita Burns. Es la primera vez que visito a Flynn en un año, quizá más. Y la última vez que nos vimos la situación fue tan incómoda como siempre.

—No entiendo qué tiene eso que ver...

—Flynn está muy enfadado conmigo por cómo la traté. Me culpa a mí de su marcha. Lo ha dejado claro en más de una ocasión.

Caitlin se alegró de que Flynn la hubiese defendido a pesar de todo.

—Supongo que no fue fácil para él.

Era cierto. Tenía que haberle dolido mucho apartarse de su familia. Alejarse de ellos después de lo que le había pasado con su exmujer y con ella debió de dejarlo sumido en la más completa soledad.

—Echo de menos a mi hijo, señorita Burns. Usted tiene una hija y supongo que me entenderá –dijo Estelle entonces–. ¿Es mi hijo el padre de esa niña? Dígame la verdad.

Caitlin la miró, sorprendida.

—Sí, lo es.

—Entonces estaba embarazada cuando se marchó.

—Sí.

—He creído ver cierto parecido en la niña... pero, a pesar de estar embarazada, ¿decidió no contárselo a Flynn?

—No pude hacerlo.

—¿Por qué?

¿Se lo estaba imaginando o veía un brillo de re-mordimiento en los ojos de Estelle MacCormac?

–La oí hablar con Flynn un día... –empezó a decir Caitlin–. Le estaba diciendo que yo solo quería su dinero y que cualquier día le diría que estaba embarazada para obligarlo a casarse con-migo. ¿Cómo cree que eso me hizo sentir? Me juzgó usted mal sin conocerme siquiera. ¿No era suficiente que Flynn hubiera decidido estar con-migo?

Estelle cerró los ojos un momento.

–Me metí entre los dos cuando no debería ha-berlo hecho... ahora me doy cuenta. Soy suficien-temente mayor como para admitir mis errores, Caitlin. Y espero que seas tan generosa como para perdonarme.

Caitlin se quedó tan sorprendida que necesitó un par de segundos para asimilar esa inesperada disculpa.

–Yo no soy una persona rencorosa, pero quiero que sepa por qué me marché. Temí que Flynn cre-yera lo que usted le había dicho. Eso, unido a mis dudas sobre cómo reaccionaría él y a la actitud de mi padre sobre nuestra relación... solo tenía die-ciocho años, no supe qué hacer. Yo no quería atra-par a Flynn en un matrimonio sin amor, señora MacCormac. Lo quería de verdad. Y se me rom-pió el corazón al tener que marcharme.

Cuando terminó de hablar, el corazón de Caitlin latía como un trueno dentro de su pecho.

Suspirando, Estelle se llevó una mano a la frente, como si necesitara un momento para controlar sus emociones.

–¿Qué le estás diciendo a Caitlin? Espero que no hayas venido a crear problemas de nuevo...

Las dos mujeres miraron hacia la puerta por la que acababa de aparecer Flynn.

Capítulo 10

SOLO estábamos hablando –suspiró Caitlin.
–¡Eso es lo que me preocupa! –exclamó él, mirando de una a otra.

Si Bridie le hubiera dicho que Estelle tenía intención de visitarlo, podría haberla avisado...

–No he venido a causar problemas, hijo –levantándose del sillón, Estelle dejó ver la angustia que sentía–. Te he echado de menos, Flynn. Y quiero solucionar esto.

–Me voy –dijo Caitlin, azorada.

–¡No, quédate! –exclamó Flynn, tomándola del brazo–. Esta es mi casa y no eres tú quien tiene que irse.

–Voy a dar un paseo... así podréis hablar tranquilamente. Pero volveré, lo prometo.

Flynn intentó contener la tormenta que rugía en su interior. El miedo de perder lo que acababa de recuperar después de tanto tiempo era abrumador.

–No tardes.

Caitlin salió al jardín, pero el sol era engañoso y el viento, tan helado que casi la cortaba en dos. La temperatura no podía estar por encima de cero grados.

Entonces se dio cuenta de que le daba igual el frío que hiciera, porque tenía otras cosas más importantes en la mente.

Era como si su vida hubiera dado un giro de trescientos sesenta grados. Estaba en el mismo sitio que antes, pero las circunstancias eran completamente distintas.

La disculpa de Estelle MacCormac la había pillado totalmente por sorpresa y se encontró a sí misma rezando para que esa vez el resultado fuera diferente, para poder tener la oportunidad de arreglar las cosas con Flynn.

¿Podía confiar en aquella sensación de optimismo, como una flor enterrada en la nieve que florecía cuando llegaba la primavera?

Si tenía que dejar a Flynn otra vez, no sería capaz de soportarlo. No, tenía que crear un nuevo final para esa historia y ahora, viendo lo buen padre que era, lo cariñoso que se mostraba con Sorcha... ¿cómo podía volver a Inglaterra llevándose a la niña?

Y sin embargo, ¿podría Flynn amarla como ella quería que la amase después de tanta amargura? ¿Tenía la capacidad de amar después de lo que había sufrido por culpa de su exmujer?

Cruzándose de brazos y bajando la cabeza para protegerse del frío viento, Caitlin siguió un camino de grava hasta el otro lado de la casa. Recordaba que allí había un invernadero precioso donde podría refugiarse un rato para pensar en lo que iba a hacer...

Afortunadamente no estaba cerrado, de modo que entró y cerró la puerta. Mientras el viento soplaba con fuerza al otro lado del cristal doblando los abedules, Caitlin se sentó en una sencilla silla de cáñamo y dejó caer las manos sobre su regazo...

–¿Caitlin?

Perdida en sus pensamientos, ella tardó unos segundos en reaccionar al oír la voz masculina. Flynn estaba en la puerta del invernadero, su cabeza casi rozaba el dintel.

–Deberías volver a casa. Aquí hace mucho frío.

–¿Estelle se ha marchado ya?

–No, está charlando con su nieta. ¿Te parece bien?

–Sí, claro. ¿Habéis hecho las paces?

Flynn cerró la puerta tras él.

–Me ha contado que oíste la conversación que tuvimos aquel día... que la oíste decir que intentabas...

–Atraparte quedándome embarazada, sí.

Caitlin hizo una mueca.

–Ahora entiendo que te fueras –Flynn se acercó a ella, su expresión estaba llena de remordimientos–. Te lo puse muy difícil, ¿verdad?

–Es mejor no hablar de eso...

–Hice imposible que confiaras en mí, por eso no pudiste decirme que estabas embarazada. Y luego escuchaste esa conversación... quizá yo habría hecho lo mismo que tú de haber tenido dieciocho años. Todos te hemos tratado mal, Caitlin. Ahora lo entiendo. Si yo te hubiera abierto mi corazón, si hubiera confiado en ti... habría dado igual lo que dijeran los demás.

—Yo nunca quise atraparte, Flynn. Solo quería estar contigo. Pero estaba tan confusa, tan asustada en ese momento. ¿Cómo iba a saber entonces por lo que habías pasado? ¿Por qué te resultaba tan difícil confiar en mí?

—Creo que...

—¡Señor MacCormac!

La puerta del invernadero se abrió de golpe y Bridie apareció, sin aliento, como si hubiera ido corriendo desde la casa.

—¿Qué pasa?

—¡Es Sorcha! Se ha caído por la escalera...

—¿Qué?

—¡Dios mío!

Los tres salieron corriendo, Flynn tomando a Caitlin de la mano para llegar a casa lo antes posible.

Cuando llegaron al vestíbulo, Estelle estaba sentada en el último escalón de la escalera, abrazando a una llorosa Sorcha. La niña miraba alrededor, angustiada, y Caitlin corrió hacia ella con el corazón encogido, rezando para que no le hubiera pasado nada.

—Me estaba enseñando a bajar dando saltos y

antes de que me diera cuenta... no sabéis cómo lo siento.

La angustia de Estelle era auténtica, tenía el rostro pálido.

Flynn se volvió hacia el ama de llaves, que acababa de llegar, sin aliento la pobre.

—Bridie, llama al médico ahora mismo. Cuéntale lo que ha pasado y pídele que venga de inmediato.

—Sí, señor MacCormac.

—Cariño, ¿te has hecho daño? —murmuró Caitlin, apartando el flequillo de su frente—. Mamá te dijo que tuvieras cuidado en la escalera.

Tras ella, Flynn se inclinó para examinar el chichón que tenía en la frente.

—¿Se ha quedado inconsciente?

—Sí, pero solo durante unos segundos —contestó su madre—. Abrió los ojos en cuanto la tomé en brazos.

—¿Te duele en algún otro sitio, *mo cridhe*? —murmuró Flynn.

La niña negó con la cabeza, con los labios temblorosos.

—Me duele aquí... —murmuró, señalándose la frente.

—Lo sé, ángel mío, pero te vas a poner bien. El médico viene para acá. ¿Estás mareada?

—Sí.

—Se te pasará enseguida, ya lo verás. Pronto estarás como nueva.

Bridie apareció entonces.

–El doctor Ryan viene de camino. Dice que tardará veinte minutos y que se queden con la niña hasta que llegue.

–Dámela, madre. La llevaremos al cuarto de estar para que esté más calentita –dijo Flynn–. Bridie, ¿puedes traer una manta?

Todos esperaron ansiosos la llegada del médico. Flynn, sentado en el sofá, le contaba cuentos para distraerla mientras Caitlin, a su lado, sujetaba la manita de su hija.

Después de pasear de un lado a otro por el cuarto de estar, Estelle por fin fue a la cocina con Bridie para ayudarla a hacer un té y volvió con una bandeja en las manos.

El doctor Ryan llegó poco después. Era una persona encantadora, la clase de médico que uno querría tener a su lado en un momento como aquel, y después de examinar a la niña les aseguró que no tenía nada más que un buen chichón. Durante las próximas veinticuatro horas deberían vigilarla, pero al día siguiente estaría como nueva.

Estelle y Bridie los dejaron solos con su hija cuando el médico se marchó. Caitlin tenía un nudo en el estómago, no solo por el susto, sino porque Flynn estaba muy callado y se preguntaba qué estaría pensando.

El accidente de Sorcha los había sacudido a todos y tenía la sensación de que algo iba a cambiar drásticamente. En cuanto a ella misma, se sentía vacía, pero al mismo tiempo protegida, feliz de que aquel secreto ya no lo fuera para la familia de Flynn.

Una cosa estaba clara: Sorcha no iba a ir a ningún sitio sin su padre, a quien miraba como si fuera capaz de alcanzarle la luna y las estrellas.

–¿Estás bien?

La cálida voz de Flynn interrumpió sus pensamientos. Cada vez que la miraba de esa forma, Caitlin experimentaba una anticipación, un deseo...

No era solo por Sorcha por lo que quería estar con él.

–Ahora estoy mejor –contestó por fin.

–¿Estás mejor? ¡El fantasma de la casa tiene más color que tú!

–¿Hay un fantasma en la casa?

–Uno muy bondadoso... una señora que cuida de los que tienen el corazón roto, o eso dice la leyenda.

–¿En serio?

–Su amante era un joven MacCormac con el que acababa de casarse y cuyo sentido de la aventura lo llevó a pasar gran parte de su vida en el mar. Pero su barco se hundió durante una tormenta en el Atlántico una noche. Ella puso un farol en su ventana y vigilaba día y noche, esperando que volviera a casa...

–Qué triste. ¿Cómo se llamaba?

–Lizzie. Pero ya está bien de fantasmas familiares... estoy más preocupado por ti.

–Me he llevado el susto de mi vida –suspiró Caitlin–. ¿Se ha quedado dormida?

–La he dejado en su camita. La pobre estaba tan agotada que se ha dormido enseguida –respondió Flynn.

–Le dije que no jugase en las escaleras, pero es tan testaruda...

–¿Cómo no va a serlo con los padres que tiene? –sonrió él.

Estaba sonriendo como lo hacía antes, cuando se conocieron. Una sonrisa que era el indicio de su generosa naturaleza.

–Hablando de fantasmas... tu madre también parecía muy asustada.

–Sí, bueno... quizá por fin se ha dado cuenta de que su nieta casi termina en el hospital.

–Se quedó tan asustada como nosotros. No te enfades con ella.

–Tienes un corazón más grande que el océano, Caitlin Burns.

–¿Qué vamos a hacer, Flynn? –preguntó ella entonces–. Sobre nosotros, quiero decir.

–Tenemos que hablar, es cierto –contestó él–. Pero no ahora... luego, cuando Sorcha esté bien del todo, tendremos oportunidad de hablar tranquilamente.

–¿Va todo bien?

Flynn miró hacia la puerta cuando Caitlin volvía del dormitorio de Sorcha.

–No se ha movido.

–Estupendo. Ven a sentarte conmigo un rato... antes de que te caigas al suelo.

Decir que estaba nervioso era decir poco. El accidente de Sorcha lo había asustado más que nada en toda su vida.

Al verla en el suelo, con los ojos llenos de lágrimas, se dio cuenta de la gran responsabilidad que era ser padre, lo fuertes que eran los lazos de amor que lo ataban a esa niña. Siempre habría un sitio en su corazón para Danny, el niño al que había perdido, y nunca olvidaría los meses durante los que cuidó de él, pero había entendido que era su hija quien necesitaba todo su amor.

Y ahora que estaba seguro de que Sorcha estaba bien, podría dedicarle su atención a Caitlin. Algo que había estado deseando hacer todo el día.

Había tanto que decir, pero... ¿por dónde empezar?

Capítulo 11

CÓMO se arreglaba una fractura que había sido desatendida durante tanto tiempo? ¿Una fractura tan deformada ya que no había manera de restaurarla?

Observando a Caitlin, su rostro pálido en contraste con el jersey oscuro, Flynn decidió olvidar para siempre lo que había pasado.

Poner distancia entre los dos, cualquier tipo de distancia, no debería ser posible después de lo que había habido entre ellos. No después de haber experimentado tan fiera excitación, después de que Caitlin le hubiera devuelto beso por beso mientras sus corazones latían al unísono.

Pero quizá ella quería poner distancia entre los dos después de cómo la había tratado. Y no podía echárselo en cara. Debía de haberle hecho tanto daño con su comportamiento...

–He pensado que te gustaría ver esto –dijo Caitlin entonces, ofreciéndole un álbum de fotos del tamaño de un monedero–. Lo llevo en el bolso siempre... y acabo de acordarme. Son fotografías de Sorcha cuando era más pequeña.

Con el corazón encogido, Flynn tomó el álbum. Allí, frente a la chimenea, el color de sus ojos adquiría una tonalidad tan embrujadora como el cielo al amanecer. Y sabía muy bien lo que pasaba cuando miraba esos ojos...

–Gracias.

En silencio, estudió las fotografías, tomándose su tiempo.

Mientras, Caitlin pensaba en la dura y larga jornada que había que recorrer para hacerse una persona madura; una jornada que había culminado con su regreso a Irlanda.

Recordando la ingenuidad de pensar que enamorarse iba a ser algo fácil, que el amor podía conquistarlo todo, sintió como si hubiera envejecido cien años. En ese momento, estudiando el perfil de Flynn, entendió que la telaraña de pasión y dolor que los había atrapado a los dos se haría más fuerte cuando empezasen a discutir su futuro... un futuro que Caitlin no estaba segura pudiera ser como el que ella había soñado.

–Me gusta esta.

–¿Cuál?

Sin darse cuenta, Caitlin se había acercado a Flynn para mirar la fotografía por encima de su hombro. Era una que su tía Marie había tomado unas horas después de que diese a luz. Sentada en la cama del hospital, con una toquilla rosa de su tía Marie sobre los hombros y la niña en brazos, Caitlin tenía en los labios una sonrisa cansada pero inmensamente feliz.

Cómo había deseado que Flynn estuviera a su lado aquel día para ver nacer a su hija. Pensando en la extraña mezcla de tristeza y emoción que había experimentado en ese momento, Caitlin intentó controlar el torrente de emociones.

—No es precisamente mi mejor fotografía —bromeó.

—Estás preciosa. Es la foto más bonita que he visto nunca —dijo él, con voz ronca.

—Me habría gustado tanto que tú estuvieras allí, conmigo —le confesó Caitlin—. No pude dormir esa noche pensando en ti... aunque estaba agotada.

—No quiero pensar en ti sintiendo dolor, dando a luz sola...

—Mi tía Marie estaba fuera y la comadrona y el médico fueron muy amables conmigo. Y es cierto lo que dicen, se te olvida el dolor del parto en cuanto te ponen a tu hijo en brazos.

—¿De verdad?

—Recuerdo que cuando me pusieron a Sorcha en brazos pensé: ah, esto es lo que llaman un milagro. Pero en realidad... —Caitlin se detuvo, mirándolo a los ojos, sabiendo que los suyos eran transparentes, dándole acceso a su alma—. En realidad, era echarte tanto de menos lo que me causaba dolor. Era como si me hubieran quitado una parte del corazón.

Flynn apretó los labios, cerrando los ojos un momento.

–Me sorprende que hables así después de lo que te he hecho...

–¿A qué te refieres?

–Pensé que no te perdonaría nunca por haberme dejado... pero eres tú quien tiene que perdonarme a mí. Durante todo este tiempo he estado resentido contigo, usando ese resentimiento como un escudo, como una forma de protección. Supongo... que para evitar enamorarme de esa forma otra vez. En lugar de entender que no había confiado en ti, que no te había abierto mi corazón, elegí odiarte por dejarme –Flynn suspiró, cerrando el álbum–. He dejado que Isabel me convirtiera en un hombre amargado, Caitlin. Tanto que no entendí lo afortunado que era cuando tú apareciste en mi vida. Hasta que te fuiste no me di cuenta de que eras un regalo del cielo.

–Flynn...

–La verdad es que debería haber hecho algo más por encontrarte, pero dejé que el orgullo se interpusiera en mi camino. En lugar de lamerme las heridas y compadecerme de mí mismo, debería haberle suplicado a tu padre si hacía falta para que me dijera dónde estabas. Debería haberle convencido de alguna forma de que necesitaba estar contigo.

–Sí, claro, pero tú no eres el tipo de hombre que suplica –sonrió Caitlin.

Flynn tomó su mano y se la llevó a los labios.

–Lamentablemente, mi relación con Isabel me enseñó a desconfiar de las mujeres. Cuando te conocí me daba miedo lo fácil que era confiar en ti. Tú sabías cómo llegar a mi corazón como nadie lo había hecho antes. Y supe que eras peligrosa desde el primer día.

–¿Peligrosa?

–Sé que no eres una persona calculadora, Caitlin. Y no dudo que mi madre lo sabe también. No me refería a eso. Quiero decir que eras peligrosa para mi corazón... que lo ibas a abrir de par en par.

–¿Y ahora?

–Ahora tenemos que arreglar lo que está roto. Debo de haberte hecho pasar por un infierno, lo sé. Eras una chica tan joven, sola y embarazada en un país que no era el tuyo. Y yo debería haber estado allí contigo –Flynn le apretó la mano–. Quiero que sepas que lo lamentaré siempre, pero tenemos que ir paso a paso, cariño... y no estoy diciendo que vaya a ser fácil.

Caitlin se apartó un poco.

–Si no crees que esto pueda funcionar...

–Estamos heridos los dos. Solo digo que tenemos que curar la herida antes de poder llegar a un compromiso permanente el uno con el otro.

Sí, tenía sentido. No había prisa, además. Los dos tenían que estar seguros de que aquello era lo que querían. Y tenían que pensar en Sorcha. No podían cometer otro error.

Suspirando, Caitlin apoyó la cabeza en el brazo de Flynn, pero él la empujó suavemente para colocarla sobre su pecho.

–Cuéntame una historia –murmuró, intentando mantener los ojos abiertos después de la tensión y el miedo tras el accidente de Sorcha–. Cuéntame una historia en la que todo parezca estar perdido pero, al final, haya esperanza.

Mirando el fuego de la chimenea, Flynn sonrió. Afortunadamente para Caitlin, él sabía muchas historias como esa.

Sus cuerpos creaban sombras extrañas en las paredes del dormitorio de Caitlin.

Flynn sujetó sus caderas con las dos manos y ella lo recibió con un suspiro, cerrando los ojos para absorber la sensación de sus cuerpos moviéndose como uno solo. Una sobrecogedora sensación de felicidad la embargó, casi una sensación de estar en casa al fin.

–Abre los ojos –murmuró Flynn.

Y ella lo hizo, mirando aquel rostro amado.

–¿Has echado esto de menos? –le preguntó, sonriendo, mientras ajustaba su cuerpo para recibirlo mejor.

Con sus ojos verdes oscurecidos, Flynn dejó escapar un gemido ronco de placer que la hizo temblar. No eran solo sus caricias lo que la tenían embrujada. Su voz, el rico timbre aterciopelado de su voz, siempre la había afectado profundamente. Y ahora sus manos se movían para acariciar sus pechos, apretando y soltando los pezones...

Caitlin apenas oyó su respuesta porque estaba tan perdida en las sensaciones que se sentía como en otro mundo.

–Lo he echado mucho de menos. Y vamos a tener que compensarnos el uno al otro por el tiempo perdido.

Sus besos eran ardientes, hambrientos, cargados de deseo. Y la tensión dentro de Caitlin se magnificó, llevándola casi al final.

–Te prometo... –empezó a decir en voz baja–. Si me dejaras... si pudiera...

–¿Esto? –murmuró Flynn, empujando hacia arriba, hacia el fondo, quedándose allí hasta que sintió las ligeras convulsiones de su cuerpo.

Entonces y solo entonces, oyéndola gemir de placer, dejó escapar el poco control que tenía sobre sí mismo desde el regreso de Caitlin y derramó su ardiente semilla dentro de ella mientras la besaba de nuevo.

Cuanto más tiempo pasaba, más tiernos eran sus besos.

Esos sentimientos parecían consumirlo y llenar cada rincón de su corazón. No había otra mujer en la tierra con la que Flynn quisiera estar.

¿Por qué había dicho que tendrían que curar la herida antes de llegar a un compromiso? Estar con Caitlin y Sorcha era más que curar la herida. Era, desde luego, más de lo que hubiera podido imaginar durante los largos y solitarios años que había vivido sin ella...

Caitlin le había dicho a Flynn que estaba tomando la píldora. Pero ahora, sin la preocupación de quedar embarazada y capaz de hacer el amor con él sin restricciones, se preguntó a sí misma si existiría la posibilidad de que algún día tuvieran más hijos.

Sorcha tenía casi cuatro años y nunca había querido que fuese hija única. Pero Caitlin no quería estar sola. Los años que había pasado cuidando de Sorcha habían sido maravillosos, pero terribles a la vez... y la niña parecía tan feliz ahora, con su padre y su madre.

—¿Qué estás pensando? —preguntó Flynn.

—¿De verdad crees que puedo pensar después de esto? —se rio ella.

—Dímelo —insistió él.

—Estaba pensando si alguna vez volveremos a tener un hijo —admitió Caitlin—. Sé que aún tenemos muchas cosas que solucionar, pero...

—Me gustaría mucho tener un hijo.

—¿Qué has dicho?

—Que me gustaría tener un niño... un hermano para Sorcha.

—¿En serio?

—¿Vas a dudar de todo lo que diga desde ahora hasta que nos hagamos viejos? —preguntó él, fingiéndose indignado.

—¿Hasta que nos hagamos viejos? —repitió Caitlin—. Si quieres que te sea sincera, prefiero la armonía a las discusiones. Crecí teniendo que aguantar suficientes broncas con mi padre como para estar harta de ellas de por vida.

—Siento mucho que tu padre te hiciera daño...

—Era un hombre muy anticuado. Y amargado tras la muerte de mi madre.

—Lamento que haya muerto, de todas formas.

—Ahora está en un sitio mejor —intentó sonreír Caitlin—. Con mi madre.

—Sí —Flynn la besó en la frente—. ¿Y tú, cariño? ¿Tú estás en un sitio mejor? ¿Un sitio en el que podrías considerar quedarte para siempre?

El corazón de Caitlin dejó de latir durante una décima de segundo.

—Sí, amor mío. Este es el sitio en el que quiero estar... contigo y con Sorcha. Desde luego que sí.

—Me alegro mucho —sonriendo, Flynn se colocó encima de ella y sintió un escalofrío ante la sorpresa y el placer que registró en el rostro de Caitlin—. Porque te juro por Dios que no quiero volver a estar sin ti.

Bridie entró en el comedor del piso de abajo, donde estaban tomando el desayuno, y dejó un sobre pequeño y arrugado sobre la mesa, delante de Caitlin. No había dirección ni remite.

—¿Qué es esto?

—Mary Hogan lo ha traído hace unos minutos —contestó el ama de llaves—. No ha querido entrar, pero me dijo que debía dárselo a usted cuanto antes... y que Ted MacNamara lo encontró medio escondido en el sofá de su padre.

La sonrisa de Bridie estaba llena de bondad, como si intuyera que la carta contenía una sorpresa maravillosa. Pero Caitlin no estaba tan segura.

Con el estómago encogido, volvió a dejar el sobre en la mesa y siguió poniendo mermelada en una tostada, mirando a su hija. Afortunadamente, la niña se había olvidado del incidente del día anterior y el chichón de su frente había disminuido de forma considerable.

—¿No vas a abrirlo? —preguntó Flynn.

—Sí, claro.

—¿Y a qué esperas? —sonrió él, impaciente.

Reuniendo valor, Caitlin volvió a tomar el sobre y sacó una hoja de papel amarillento. Una carta. Inmediatamente reconoció la letra de su padre y empezó a leer el contenido:

Querida Caitlin:

He intentado muchas veces durante estos años decirte cuánto te echo de menos, pero tras la muerte de tu madre no era fácil para mí estar a tu lado. Te parecías tanto a ella, en tantos sentidos, que me dolía hasta mirarte.

Siento mucho que te fueras y siento aún más no haber ido a ver a la niña. Al principio ni siquiera quería ver las fotos que me enviabas, pero después de un tiempo me obligué a mí mismo a hacerlo. Sí, es una cosita preciosa nuestra Sorcha.

Ojalá volvieras a casa para poder verla en persona pero, la verdad, no creo que nunca tenga valor para enviar esta carta. He sido un idiota, hija, y no he sido un buen padre. Y sé que tu madre me daría una paliza si estuviera aquí.

Veo a MacCormac de vez en cuando en el pueblo y debo confesar que me gustaría decirle dónde estás, pero no tengo valor.

¿Él te habría hecho feliz? No lo sé, pero siento mucho haberme puesto en tu camino cuando querías estar con él.

Cuídate, Catie, y dale un beso muy grande a mi nieta de parte de su abuelo.

Tu padre

Caitlin, con un nudo en la garganta, tuvo que tragar saliva mientras doblaba la hoja de papel.

–¿Qué pasa, mamá? –preguntó Sorcha, levantando la cuchara llena de cereales–. ¡Estás llorando!

–¿Malas noticias? –preguntó Flynn, que la miraba con gesto de preocupación.

–No, no. Mi padre debió de escribir esta carta hace tiempo –Caitlin se secó las lágrimas con la mano, intentando sonreír–. Pero nunca me la envió.

–¿Puedo verla?

–Sí, claro.

Flynn tomó el papel y empezó a leer con avidez.

Durante todos esos años, Caitlin había creído que su padre nunca la perdonó por haberle dado el disgusto de ser madre soltera. Había sido tan duro con ella... y nunca entendió por qué. Ahora, asombrosamente, descubría que su padre no había dejado de quererla. Que su actitud adusta y hasta dolida con ella se debía a que le recordaba demasiado a su madre... la mujer a la que Tom Burns había querido y a la que había perdido tan pronto.

Y también había descubierto que quería a su nieta y le habría gustado conocerla. Pero le dolió en el alma leer lo que decía de Flynn.

–Qué hombre tan obstinado –murmuró él, alargando una mano para acariciarle la mejilla–. Si te hubiera enviado esta carta... mira todo lo que hemos perdido por su culpa.

–Tenía miedo, Flynn. Después de perder a mi madre, tenía miedo de todo. Toda su vida fue guiada por el miedo. Ahora lo entiendo... y le perdono.

–Ya te he dicho que tienes un corazón más grande que el océano –sonrió él, sacudiendo la cabeza–. Y yo estoy encantado de que sea así.

–Todo eso ya es pasado –suspiró Caitlin–. Es el presente y el futuro lo que importa, ¿no te parece?

–Papá, quiero ir a ver los caballos –dijo Sorcha entonces–. ¿Me llevas?

–Más tarde, cariño, te lo prometo. Antes tengo que ir a un sitio con tu mamá.

–¿Dónde?

–A un sitio –contestó Flynn.

–¡Yo quiero ir también!

–No, a ti te llevaré más tarde.

–Papá... –protestó la niña.

–Bridie me ha dicho antes que quería jugar contigo en el jardín... pero solo si te abrigas bien y la obedeces en todo –siguió él, poniéndose serio–. Incluso puede que te deje plantar algunas flores para la primavera.

–¡Pero tengo que tener una pala! –demandó Sorcha.

–¿Qué clase de monstruo he criado? –se rio Caitlin.

–En un par de años se presentará a alcaldesa del pueblo, seguro –sonrió Flynn.

Saliendo de un callejón cubierto de parras que, en primavera, sería un mágico dosel verde, Flynn detuvo el coche frente a una elegante casa de campo de estilo georgiano con un bonito pórtico de columnas blancas.

Era un sitio precioso en el que cualquier persona estaría orgullosa de vivir, rodeado por un denso bosque e inmensos jardines. Un sitio un poco apartado de todo, con su propia personalidad.

–¿Venimos a visitar a alguien? –preguntó Caitlin, volviéndose en el asiento–. Deberías habérmelo dicho, Flynn. Me habría arreglado un poco, por lo menos.

Aunque no tenía mucha ropa donde elegir, ya que todas sus cosas seguían en Londres, en casa de su tía Marie. Pero Caitlin habría preferido algo mejor que los habituales vaqueros que llevaba desde que llegó a Irlanda si iba a conocer a algún amigo de Flynn.

–No hace falta que te arregles. Estamos solos, *mo cridhe* –sonrió él, usando el cariñoso apelativo gaélico.

–No entiendo... –aunque se le había encogido un poco el corazón al oír que la llamaba de ese modo, Caitlin frunció el ceño, sorprendida.

–Esta casa es mía.

–¿En serio? Es preciosa.

–Bueno, hay que hacer algunas reformas... los inquilinos se fueron antes de Navidad, pero no pienso volver a alquilarla.

–¿No?

–No.

De repente, Flynn se puso muy serio.

–Quiero regalártela, Caitlin.

–¿Regalármela? ¿Qué quieres decir?

–Que las escrituras estarán a tu nombre. Es un regalo de boda... para que siempre tengas un sitio que puedas llamar tu hogar.

Aquello era imposible de creer y Caitlin estaba

segura de haber oído mal. Que le regalase aquella casa, una casa tan grande, tan lujosa... Eso era asombroso, pero que fuera un regalo de boda...

De repente, se le llenaron los ojos de lágrimas.

—¿Has dicho un regalo de boda? —preguntó, con voz temblorosa.

Flynn la tomó entre sus brazos y buscó sus labios con urgencia. Cuando levantó la cabeza después de besarla, estaba sonriendo como un gato ante un plato de leche.

—¿Eso es un sí? —murmuró—. Si hubiera tenido algo de sentido común, te lo habría pedido hace cuatro años y medio, pero entonces era un idiota.

—Eso es lo que yo siempre había querido... desde que te conocí. Casarme contigo, Flynn. Yo sabía... sabía incluso entonces que tú eras el hombre de mi vida.

—Yo también, cariño.

Los ojos de Flynn MacCormac estaban cargados de emoción. Tanta que parecía a punto de ponerse a llorar. Pero enseguida apartó el flequillo de su cara con dedos temblorosos y la miró como si ella fuera la luna y las estrellas.

—Te quiero, Caitlin. He esperado mucho tiempo para decirte esto.

—Yo también te quiero. Y es un amor que durará para siempre, no tengo la menor duda.

—Bueno... este será un nuevo principio para nosotros. Tienes carta blanca para hacer lo que quieras con esta casa, por cierto. Cuando esté decorada como a ti te gusta, nos mudaremos aquí. Sorcha, tú y yo.

−¿Y qué pasará con Oak Grove? −preguntó ella.

−Tengo que seguir llevando la finca, pero mi hermano, Daire, me ayudará, como siempre. Está de viaje en este momento, pero cuando vuelva le explicaré todo lo que ha pasado. Conservaremos la casa de Oak Grove para las visitas... y además tengo mi refugio en la montaña, no lo olvides.

−Me encanta ese refugio.

−Y a mí, pero una vez que estemos casados, esta será nuestra casa... si tú estás de acuerdo.

−¿Si yo estoy de acuerdo? ¡Estoy en el séptimo cielo! −exclamó Caitlin−. Pero aunque este regalo es maravilloso, quiero que sepas que no me importa dónde vivamos mientras vivamos juntos. Tú deberías saber eso mejor que nadie. Donde estés tú y nuestros hijos... ese es nuestro hogar.

Apoyando la cabeza en el cálido muro del pecho masculino, Caitlin dejó escapar un largo suspiro. Aquello era exactamente lo que había esperado cuando volvió a casa, la bienvenida que su corazón había soñado siempre.

Bianca

**¡De pronto, desafiarle era
lo último que quería hacer!**

Al cínico Dare James le hervía la sangre. Cierta cazafortunas había clavado las garras en su abuelo. Pero, cuando fue a la mansión familiar hecho una furia para poner orden... descubrió que la mujer en cuestión no tenía intención de dejarse intimidar.

Carly Evans estaba horrorizada. ¡Era la doctora del abuelo de Dare, no una buscona! Estaba deseando ver la cara del arrogante millonario cuando descubriera su error. Sin embargo, sin poder evitarlo, cayó bajo su embrujo.

HARLEQUIN *Bianca*

DESAFÍO PARA DOS CORAZONES

MICHELLE CONDER

DESAFÍO PARA
DOS CORAZONES
MICHELLE CONDER

ROBYN GRADY

OTRA OPORTUNIDAD PARA EL AMOR

Jack Prescott, dueño de una explotación ganadera, no estaba preparado para ser padre. Estaba dispuesto a cuidar de su sobrino huérfano porque debía cumplir con su obligación, pero en su corazón no había lugar para un bebé... ni para Madison Tyler, la mujer que parecía empeñada en ponerle la vida patas arriba.

Pero Jack no podía negar la atracción que sentía por Madison, y no tardaron en dejarse llevar por el deseo. Pero la estancia de Maddy era solo algo temporal, y él jamás viviría en Sídney. ¿Cómo podían pensar en algo duradero perteneciendo a mundos tan distintos?

¿DE MILLONARIO SOLITARIO A PADRE ENTREGADO?

¡YA EN TU PUNTO DE VENTA!

Bianca

¿Iba a perder él algo más que su memoria?

El millonario griego Leon Carides lo tenía todo: salud, poder, fama, incluso una esposa adecuada y conveniente… aunque jamás la había tocado. Pero un grave accidente privó al libertino playboy de sus recuerdos. El único recuerdo que conservaba era el de los brillantes ojos azules de su esposa Rose. El deseo que experimentó por ella durante su convalecencia anuló las brechas que había entre ellos en el pasado y, a pesar de sí misma, Rose fue incapaz de resistirse al encanto de su marido. ¿Pero sería capaz de perdonar los pecados del hombre que había sido su esposo cuando este tuviera que enfrentarse a ellos?

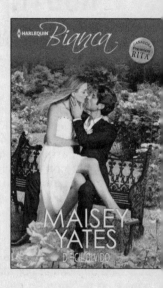

DIFÍCIL OLVIDO
MAISEY YATES